De Graaf sin Dochter

Klaus-Peter Asmussen, geboren 1946 in Handewitt, wuchs mit plattdeutscher Muttersprache auf. Nach Abitur am Alten Gymnasium, Flensburg, und sechssemestrigem Studium an der damaligen Pädagogischen Hochschule Flensburg trat er in den Schuldienst ein und war zunächst sechs Jahre lang als Grund- und Hauptschullehrer in Dithmarschen tätig. Ab 1976 arbeitete er als Realschullehrer für Englisch und Dänisch in Tarp, Kreis Schleswig-Flensburg, bis er 2010 in den Ruhestand trat. 2007 veröffentlichte er bei BoD – Books on Demand „Planten un Blomen" ein „Wörterbuch schleswig-holsteinischer Pflanzennamen" (ISBN 978-3-8334-8589-3). Seit 2005 befasst er sich mit dem Übertragen von Märchen unterschiedlichster Provenienz in die plattdeutsche Sprache und Kultur. Sein hier vorgelegtes zehntes Märchenbuch enthält ausschließlich Geschichten, die den „English Fairy Tales" (1890) und „More English Fairy Tales" (1894) des in Australien geborenen Volkskundlers Jospeh Jacobs (1854–1916) entlehnt sind. Klaus-Peter Asmussen wohnt heute in seinem Geburtshaus in Langberg, Gemeinde Handewitt.

Klaus-Peter Asmussen

De Graaf sin Dochter
un anner Märkens,
utlehnt bi Joseph Jacobs un
nü vertellt up Sleswigsche Geestplatt

Märkens up Platt # 10

Herstellung und Verlag:
BoD – Books on Demand, Norderstedt
ISBN 9783752821918

Wat in düt Book in steiht

De Graaf sin Dochter

Dar is mal en Graaf we'n, de hett en bannig smucke Dochter hatt. Mal an en feine Sommeravend geiht se in'e Slottsgaarn spazeern. Se danzt dar lichtföötsch vör sik hen, un bi ehr Spelen un Rumkalvern hollt se af un to mal an un luustert na de Musik vun de Vageln. As se denn en beten in'e Schatten vun en gröne Eek seten hett, do kickt se mal tohööcht un ward en muntere Duuv wies, de sitt dar hooch baven up een vun de Telgens.

Se kickt na baven un seggt: „Ru-guu, min Duuv, kumm doch mal dal na mi, denn scha'st du uck en feine gollne Buur hebben. Denn nehm ik di mit na Huus, un du scha'st dat so fein hebben as en Vagel dat man jichens kriegen kann." Se hett dat man knapp seggt, do kümmt de Duuv uck al dalfleegen vun'e Telgen, sett sik bi ehr up'e Schuller un kuschelt sik an ehr Hals, un se eit 'n oever de Feddern. Un denn nimmt se 'n mit na Huus un in ehr Stuuv.

De Dag is um, un dat ward Nacht, un de Graaf sin Dochter denkt, se will man to Bett gahn. Se dreiht sik um, un do steiht dar blangen ehr en smucke Jungkeerl. Se verfehrt sik ja bannig, de Dör is doch al en paar Stunnen to! Man de Deern lett sik nich so licht bang' maken un seggt: „Wat hett He hier verlaren, junge Mann, un jagen mi so'n Schreck in? De Dör is doch al vör Stunnen toslaten. Wodennig kümmt He hierher?" Nu man sacht, fluustert de junge Mann, he is de Duuv, de se vun'e Boom dal lockt hett. Man wokeen he denn is, fraagt se nu heel liesen, un wodennig he denn is to de dare feine lütte Vagel wurrn.

7

Sin Naam is Florentin, seggt he, un sin Mudder is en Königin, un noch mehr as dat, se kann tövern. Nu hett he nich so wullt as se, un do hett se em dagsoever to en Duuv maakt, man bi Nacht hett se keen Macht mehr oever em, un denn ward he wedder to en Minsch. Vundaag is he nu mal oever de See flagen un hett *ehr* dat eerste Mal to sehn kregen, un he hett sik freut, he weer en Vagel, dat he ehr hett neeg kamen kunnt. Man wenn se em nich leev hebben will, seggt he, denn so ward he nie nich wedder glücklich.

Man *wenn* se em nu leev hett, seggt se, um he ehr denn nich een schöne Dag verlaten ward un wegflüggt. Nümmer nich, seggt de Prinz, wenn se sin Fruu ward, denn hört he för all Tieden ehr to. Bi Dag en Vagel un bi Nacht en Prinz, sodennig will he ümmer an ehr Siet we'n.

Do laten se sik heemlich truu'n un leven vergnöögt tohopen in dat Slott, un keeneen weet, dat elkeen Nacht Ru-guu-min-Duuv to Prinz Florentin ward. Un elkeen Jahr kriegen se en lütte Jung, so smuck, as een sik dat man denken kann. Man ümmer wenn en Soehn baren is, nimmt Prinz Florentin de Lütte up sin Rügg un driggt em oever de See darhen, 'nem sin Mudder wahnt, un lett de Lütte denn dar bi ehr.

Sodennig vergahn soeven Jahr, man denn kamen se in grote Bredulje. De Graaf will sin Dochter an en vörnehme Eddelmann verheiraden, de um ehr anholen deit. He snackt düchtig up ehr in, man se seggt, se will nich heiraden, se is heel tofreden mit ehr Ru-guu-min-Duuv. Do ward ehr Vadder ganz gewaltig füünsch un swört en hillige Eed: So wahr as he leven

un eten deit, so wahr will he de neegste Dag ehr Va-
gel de Hals umdreihn. Un darmit trampt he ut'e Dör.

O, o, seggt Ru-guu-min-Duuv, nu mutt he man seh'n
un kamen weg, un do jumpt he up'e Finsterbank un
in Null Komma nix is he wegflagen. Un he flüggt un
flüggt, bet he oever de deepe See kümmt, un denn
noch ümmer wieder, un do kümmt he upletzt na sin
Mudder ehr Slott. De Königin, sin Mudder, geiht jüst
buten spazeern, do süht se baven oever sik de smu-
cke Duuv fleegen, un denn geiht 'n dal up'e Slotts-
muer.

Do röppt se na ehr Danzlüüd, se schoe'n danzen, un
ehr Muskanten schoe'n spelen, all wat se koenen,
denn dar kümmt ehr Soehn Florentin, un he blifft
uck dar, seggt se, denn dütmal hett he keen smucke
lütte Jung mitbröcht. Nee, nee, seggt Florentin, keen
Danzlüüd un keen Muskanten för em, denn sin leeve
Fruu, de Mudder vun sin soeven Jungs, schall de
neegste Dag verheiraad't warrn, un dat is en trurige
Dag för em.

Wat se dar denn bi doon kann, fraagt de Königin,
wenn dat in ehr Tövermacht steiht, will se dat dooon.
Se schall de veeruntwintig Danzlüüd un Muskanten
to veeruntwintig griese Reihers maken, seggt he, un
sin soeven lütte Jungs schoe'n soeven witte Swaans
warrn, un he sülven will en Kükewieh we'n un se
voranfleegen.

Och, seggt se, dat geiht ja man nich, so wied langt
ehr Hexenkunst nich. Man vellicht kann ehr Lehr-
meistersche, de Kloke Fruu vun Kronholt, helpen.
Un se denn nix as hen na de Höhl vun Kronholt, un
na en Tied kümmt se wedder rut un is heel witt, un
se mummelt dar wat oever wat brennen Kruut, dat

hett se mit rutbröcht ut'e Höhl. Un upmal ward Ru-
guu-min-Duuv to en Kükewieh, un um em rum flee-
gen veeruntwintig griese Reihers un oever se fleegen
soeven junge Swaans.

Ahn een Woort oder Adjüs fleegen se afste' oever de
deepe blaue See, un de geiht hooch un ramentert
düchtig. Se fleegen un fleegen, bet se upletzt dalgahn
up de Graaf sin Slott, jüst as de Hochtiedsgesell-
schaft sik up'e Padd maken deit to Kirch. Eerst ka-
men de Ridders, denn de Brüdigam sin Frünnen,
denn de Graaf sin Lüüd, denn de Brüdigam un to-
letzt, blass un smuck, de Graaf sin Dochter sülven.

Ganz, ganz langsam trecken se dar lang bi fierliche
Musik, bet se bi de Böme langkamen, 'nem de Vageln
up sitten. Een Woort vun Prinz Florentin, de Küke-
wieh, un all stiegen se tohööcht in'e Luft, de Reihers
ünnen, de Swaans dar oever un de Kükewieh ganz
baven. De Hochtiedslüüd warrn sik nu ja wunnern,
as se dat sehn, man do kamen wusch! de Reihers dal
mang se un smieten all de Ridders an'e Kant. De
Swaans kümmern sik um'e Bruut, un de Kükewieh
kümmt dalstörten un binnt de Brüdigam fast an en
Boom. Denn sammeln de Reihers sik to en Fedder-
bett, un de Swaans leggen se's Mudder dar up, un
mitmal stiegen se all tohööcht, nehmen de Bruut mit
un bringen ehr in Sekerheit na Prinz Florentin sin
Tohuus. Na, sodennig is woll noch nie nich en Hoch-
tiedsfier dör'nanner bröcht wurrn. Wat schoe'n de
Hochtiedslüüd nu maken? Se koenen se's smucke
Bruut blots achterrankieken, wo se wegdragen ward,
ümmer wieder, bet se un de Reihers un de Swaans
un de Kükewieh ganz ut Sicht sünd. Noch desülve
Dag bringt Prinz Florentin de Graaf sin Dochter na
dat Slott vun sin Mudder, de Königin. Un do nimmt

se ehr Töver vun em, un do leven se dar glücklich tohopen. Un wenn se nich dootbleven sünd, denn leven se dar sachs ümmer noch.

Meister Etig

Dar is mal een we'n, Meister Etig hett he heeten, de hett mit sin Fru Etig in en Etigbuddel wahnt. Mal, as Meister Etig nich to Huus is, do is Fru Etig, se is ja en richtig gude Huusfruu, do is se bi un fegen ut, un do kümmt se bi un stöten an mit'e Bessenstel, un do flüggt ehr roeter-kloeter, roeter-kloeter, dat heele Huus um'e Ohren. In ehr grote Schreck rönnt se foorts afste' un söken ehr Mann. As se em wies ward, röppt se: „Oh, Meister Etig, Meister Etig, wi sünd rungeneert, wi sünd rungeneert: Ik heff dat Huus tweihaut, dat is allens in lütte Stücken." Do seggt Meister Etig, se woe'n man mal sehn, wat darbi to maken is. Dar is de Dör, seggt he, de will he up'e Nack nehmen, un denn woe'n se man afste' un söken se's Glück.

Do lopen se de ganze Dag, un as dat düüster ward, do kamen se togang' in en dichte Holt. Se sünd all beid gresig möö', un Meister Etig seggt, he will man rupklarrn up en Boom un de Dör ruptrecken, un denn schall sin Fruu achterna kamen. Dat deit he denn, un se strecken beid se's möö'e Knaken ut up'e Dör un fallen in en deepe Slaap. Merrn in'e Nacht ward Meister Etig waak vun wecke Stimmen, de hört he dar nedden, un to sin gresige Schreck ward he en Bann vun Rövers wies, de hebben sik dar drapen un woe'n se's Büüt deelen. „Hier, Hans", seggt de eene, „hier hest du föftein Daler; dar, Willi, hier sünd dörtig Daler för di; Paul, hier sünd fiev Daler för di." Do kann Meister Etig nich mehr länger tohören, he is so bang', he ward för dull bevern, un do bevert he de Dör dal up se's Köppe. Do neihn de Rövers ut, man Meister Etig truut sik nich ut sin Verstek ehrer dat is helle Dag.

Denn klarrt he vörsichtig dal un geiht hen un sammeln de Dör up. Un wat ward he dar wies? En ganze Barg Goldstücken. „Kumm dal, Fru Etig!", röppt he. „Kumm dal, segg ik. Wi hebben unse Glück maakt! Kumm dal, segg ik!" Fru Etig kümmt dalklarrt so gau, as se kann, un maakt grote Ogen, as se all dat Geld süht. So, seggt se, nu will se em mal vertellen, wat he doon schall. In'e Stadt, seggt se, dar is Markt, dar schall he hengahn un schall för de dare hunnert Daler en Koh kopen. Denn kann se bottern un Kees maken, un he schall dat denn up'e Markt verhoekern, un dar koenen se denn guut vun leven.

Ja, dar is Meister Etig mit inverstahn, he nimmt dat Geld, un denn nix as hen to Markt. As he dar ankümmt, geiht he en beten hen un her, un na en Tied süht he en smucke swattbunte Koh. Dat is en gude Melkkoh un en feine Beest. O, denkt Meister Etig, wenn he de dare Koh harr, denn weer he de glücklichste Minsch up'e Welt. Do bütt he sin hunnert Daler för de Koh, un de dat Deert hören deit, de seggt upletzt, as Fründ will he em dat darför laten, un de Hannel is afslaten. Stolt up sin Koop drifft Meister Etig sin Koh hen un her, dat de Lüüd 'n doch uck all sehn. Do ward he en Keerl wies, de spelt dar up en Treckfiedel, dideldum, dideldei. De Kinner lopen em achterna, un as dat schient, kriggt he vun all Sieden Geld tostaken. Minsch, denkt Meister Etig, harr he man dat dare feine Instrument, denn so weer he de glücklichste Minsch up'e Welt, denn harr he sin Glück würklich maakt. Do geiht he denn hen na de anner un seggt: „Ool Fründ, dat is ja en feine Instrument, wat du dar hest, dar verdeenst du sachs en Barg Geld mit." Och ja, seggt de anner, wiss doch, dar nimmt he allerhand Geld mit in, un dat is

würklich en ganz feine Instrument. O, röppt Meister
Etig, wo geern wull he dat hebben. Na ja, seggt de
Keerl, as Fründ will he em dat laten, he kann dat
kriegen för de dare swattbunte Koh. „Afmaakt!"
seggt Meister Etig un freut sik. Do gifft he denn de
feine swattbunte Koh hen för de Treckfiedel. Un he
geiht dar up un dal mit sin Koop. Man wat he sik
uck aftiert, en Melodie kriggt he dar nich rut, un
statts dat he Geld kriggt, lopen de Bengels achter em
ran un joelen un lachen em wat ut un smieten em
mit rotte Appeln.

Stackels Meister Etig, de kriggt bi lütten kole Fin-
gern, un he schaamt sik düchtig un is vergrellt un
geiht weg ut'e Stadt, do bemött he en Keerl, de hett
en Paar feine dicke Hännschen an. O, denkt Meister
Etig bi sik, he hett so'n gresig kole Fingern, harr he
man de dare feine Hännschen, denn so weer he de
glücklichste Minsch up'e Welt. Un he geiht hen na de
Mann un seggt: „Ool Fründ, mi dücht, du hest dar en
Paar ganz kap'tale Hännschen." Dat stimmt, seggt
de anner, sin Hänne sünd so warm, as se man we'n
koenen an so'n kole Novemberdag. Och, seggt Meis-
ter Etig, he wull se geern hebben. Wat he em dar
denn för geven will, meent de anner; ünner Frünnen
will he em de noch laten för de dare Treckfiedel. „Af-
maakt!", röppt Meister Etig. He treckt de Hännschen
an un is heel un deel tofreden, as he na Huus to tüf-
felt.

Man bi lütten ward he möö', un do süht he en Mann,
de kümmt em in'e Mööt un hett en gude, starke
Stock in'e Hand. O, seggt Meister Etig, harr he man
de dare Stock, denn so weer he de glücklichste
Minsch up'e Welt. Un do röppt he de Mann an: „Ool
Fründ, wat hest du dar en feine, gude Stock!" Ja,

14

seggt de Mann, de hett he al vele Mielen bruukt, un de is em ümmer en gude Fründ we'n. Man wenn 'n em gefallen deit, un wo he doch en Fründ is, do will he nich so we'n un em de laten för dat dare Paar Hännschen. Meister Etig sin Hänne sünd nu so warm un sin Beens sünd so möö', do tuuscht he geern.

As he na dat Holt kümmt, 'nem he sin Fruu t'rügglaten hett, do hört he baven up en Boom en Papagei, de röppt sin Naam: „Meister Etig, du Doesbartel, du Torfkopp, du Dämlack; do büst du to Markt gahn un hest för all din Geld en Koh köfft. Man darmit nich nugg, du hest 'n intuuscht för en Treckfiedel, 'nem du nich up spelen kannst, un de is nich de teinte Deel vun dat Geld wert. Du Doeskopp, du – knapp harrst du de Treckfiedel, do hest du 'n intuuscht för de Hännschen, de sünd nich mal en Viddel dat Geld wert. Un as du de Hännschen harrst, hest du se intuuscht för en armselige Stock. Un nu hest du för din hunnert Daler, Koh, Treckfiedel un Hännschen nix uptowiesen as de dare armselige Stock, un de harrst du di ut elkeen Knick snieden kunnt." Un denn ward de dare Vagel gewaltig lachen un lacht Meister Etig ganz gehörig wat ut. Un de ward dull in'e Kopp un smitt na de Vagel mit sin Stock. Man de Stock blifft in'e Boom hängen, un he kümmt an bi sin Fruu ahn Geld, Koh, Treckfiedel, Hännschen oder Stock. Un do gifft se em so'n gewaltige Swaartvull, dat se em meist all de Knaken in't Liev tweibrickt.

Hans un de Bohnenstengel

Dar is mal en arme Wittfruu we'n, de hett een Soehn hatt, Hans, un een Koh, de hett Melkwitt heeten. Se hebben nix hatt un leven vun as de Melk, de de dare Koh elkeen Morrn geven hett, de hebben se to Markt bröcht un dar verköfft. Man een Morrn gifft Melkwitt keen Melk, un do weeten se nich, wat se nu maken schoe'n.

„Wat schoe'n wi blots maken, wat schoe'n wi blots maken?", seggt de Wittfru un wringt de Hänne. „Kopp hooch, Mudder", seggt Hans, „ik gah hen un krieg mi jichens en Stä' Arbeit." Och, seggt sin Mudder, dat hebben se ja al mal versöcht, un keeneen hett em nehmen wullt. Se moeten man Melkwitt verkopen, un vun dat Geld moeten se denn en Laden upmaken oder sowat. Is guut, seggt Hans, vundaag is Marktdag, he will hengahn un verkopen Melkwitt, un denn woe'n se sehn, wat dar to maken is.

Do nimmt he de Koh an en Tau un maakt sik up'e Padd. He is noch nich wied gahn, do bemött he en ole Mann, de süht wat snaaksch ut un de seggt to em: „Moin, Hans!" – „Moin, moin", seggt Hans un wunnert sik, woso de dare Keerl sin Naam weet. Wonem he denn up dal will, fraagt de Mann. He geiht to Markt, seggt Hans, dar will he se's Koh verkopen. Oh, seggt de anner, he süht dar uck ut na, dat he de rechte Keerl is un verkopen Köh; um he woll weet, wovel Bohnen fiev sünd. Twee in elker Hand un een in'e Mund, seggt Hans plietsch. Dar hett he recht mit, seggt de Mann, un dar sünd se, de Bohnen, seggt he, un kriggt wecke Bohnen ut'e Tasch, de sehn heel gediegen ut. „Wo du so plietsch büst", seggt he, „do bün ik noch Sinns un tuuschen mit di – din Koh för düsse Bohnen." – „Hol up", seggt Hans, „dat kunn

16

di woll so passen!" – „Aah, du weetst ja man nich, wat dat för Bohnen sünd", seggt de Mann, „wenn du de vunavend planten deist, wassen se bet morrn liek in'e Himmel." – „Is dat wahr?", seggt Hans; „dat kann ja woll nich angahn." Jo, seggt de anner, un wenn dat nich wahr is, denn so kann he sin Koh wedderkriegen. Is guut, seggt Hans un gifft em dat Tau vun Melkwitt in'e Hand un stickt de Bohnen in'e Tasch.

Do geiht Hans wedder na Huus, un all to wied is he ja nich gahn, un do is dat noch nichmal Schummern, as he dar is. „Na", seggt sin Mudder, „büst du al wedder dar? Man ik seh, du hest Melkwitt nich mit, denn hest du ehr ja verköfft kregen. Wovel hest du darför kregen?" – „Dat raad'st du nie nich", seggt Hans. „Nee, segg", seggt se. „Gude Jung! Föftig Daler? Hunnert? Hunnerföftig? Doch nich gar twee-hunnert?" – „Ik segg ja, dat raad'st du nie nich. Wat dücht di um düsse Bohnen? Dat sünd Töverbohnen, de moeten wi vunavend planten, un ..."

„Wat?!", seggt sin Mudder, „büst du so doesig, so'n Torfkopp, so tumpig un hest Melkwitt, de beste Melkkoh in't Dörp un denn noch beste Rindfleesch, de hest du weggeven för en paar armselige Bohnen? Dar! un dar! un dar! Un wat din feine Bohnen an-geiht, dar! rut mit se ut't Finster! Un nu to Bett mit di. Bi mi kriggst du vunavend nich natt un nich dröög!" Do geiht Hans denn rup na sin lütte Kamer up'e Boehn, un he is ganz sluck un trurig, dat kannst glöven, eenmal wegen sin Mudder, un denn uck, dat he keen Avendbroot kriggt. Toletzt slöppt he aver doch in.

As he wedder waak ward, süht sin Kamer ganz snaaksch ut. To'n Deel schient de Sünn dar rin, man de ganze Rest is düüster un liggt in'e Schatten. Do jumpt Hans rut ut't Bett, treckt sik an un geiht an't Finster. Un wat meenst, wat he do süht? De Bohnen, de sin Mudder ut't Finster rutsmeten hett in'e Gaarn, de sünd upkamen un to en gewaltige Bohnenstengel wussen, de geiht rup un rup un rup, bet 'n an'e Heven reckt. Denn hett de Mann ja doch de Wahrheit seggt!

De Bohnenstengel wasst ganz dicht an Hans sin Finster vörbi, un so mutt he dat blots upmaken un roeverjumpen na de Bohnenstengel, de geiht na baven as so'n Lerring[1]. Do klarrt Hans denn, un he klarrt, un he klarrt, un he klarrt, un he klarrt, un he klarrt, un he klarrt, bet he toletzt in'e Heven anlangt. Un as he dar ankümmt, do is dar en lange, breede Straat, de geiht piel liekut. Do geiht he dar up lang, un he geiht, un he geiht, bet he na en ganz, ganz grote Huus henkümmt, un up'e Dörsüll steiht en ganz, ganz grote Fruu.

„Moin", seggt Hans ganz hoeflich. Um se woll so nett we'n will un geven em en beten Fröhstück, fraagt he, denn he hett ja de Avend vörher nix to eten kregen un hett nu Smacht as en Baar. „Fröhstück wullt du hebben?", seggt de ganz, ganz grote Fruu. „Wenn du di nich afglieden deist, warrst du sülven Fröhstück." Ehr Mann, seggt se, dat is en Ries, un de mag nix so geern as braa'ne Jungs up Swattbroot. He schall man sehn, dat he wegkümmt, anners kümmt he. Och, bedelt Hans, se schall em doch man wat to eten geven, he hett sörre de Morrn vörher nix hatt, un um he nu braa'n ward oder doothungert, dat is ja eendoont.

---

[1] Lerring = Leiter

Na, de Ries sin Fruu is denn gar nich so leeg. Se nimmt Hans mit in'e Koek un gifft em en Knuust Broot un Kees un en Putt Melk. Man Hans hett dat eerst half up, do bumm! bumm! bumm! fangt dat heele Huus an un bevert vun de Larm: Dar kümmt een. „Och du leeve Tied, dat is min Ole!", seggt de Ries sin Fruu, „wat maak ik nu? Gau hier rin!", seggt se un schüfft Hans rin in'e Backaben, jüst as de Ries in'e Dör rinkümmt.

Dat is di vellicht en grote een! An sin Lievreem hett he dree Kälver mit'e Achterbeens fastbunnen, de maakt he nu loos un smitt se up'e Disch un seggt: „Dar, Fruu, braa' mi dar en paar vun to Fröhstück. Nanu, wat rüük ik denn dar?

    Fidie, fidoo, fidamm,
    ik rüük dat Bloot vun en Mann,
    he mag lebennig we'n oder doot,
    ik mahl sin Knaken to min Broot!"

„Dumm Tüüg", seggt sin Fruu, „du dröömst woll. Vellicht rüükst du uck de Resten vun de lütte Jung, de di güstern do Avendbroot so fein smeckt hett. Gah du man un wasch di un kämm di, wenn du wedderkümmst, heff ik din Fröhstück klaar."

Do geiht de Ries rut, un Hans will jüst ut'e Backaben ruthoppen un weglopen, man de Fruu seggt, he schall dat nalaten. „Tööv man, bet he slapen deit", seggt se, „na't Fröhstück nimmt he ümmer en Mütz vull Slaap."

Na, de Ries kriggt sin Fröhstück, un denn geiht he an en grote Kist un haalt dar wecke Büdels mit Goldstücken rut, un denn sett he sik dal un geiht bi un tellen, un so ganz bi lütten sackt em de Kopp dal, un he ward snorken, dat dat heele Huus wedder bevern ward.

Do kümmt Hans up Tehnspitzen rutkrapen ut'e Backaven, un as he bi de Ries langkümmt, nimmt he een vun de Geldbüdels ünner de Arm, un denn süht he to un kamen hen na de Bohnenstengel. Dar smitt he de Geldbüdel dal, un de fallt denn ja in sin Mudder ehr Gaarn, un denn klarrt he sülven dal un klarrt dal, bet he toletzt to Huus ankümmt. Un do vertellt he dat sin Mudder un wiest ehr de Büdel mit de Goldstücken un seggt: „Na, Mudder, harr ik nich recht mit de dare Bohnen? Dar kannst mal sehn, dat sünd würklich Töverbohnen."

Do leven se denn en ganze Tied vun de dare Geld- büdel, man toletzt ward dat Geld doch all, un do denkt Hans, he will man nochmal sin Glück versö- ken baven an'e Bohnenstengel. Un do steiht he denn een schöne Morrn fröh up un geiht hen na de Boh- nenstengel, un he klarrt, un he klarrt, un he klarrt, un he klarrt, un he klarrt, bet he wedder up de dare Straat kümmt un hen na dat ganz, ganz grote Huus, 'nem he al mal we'n is. Un dar steiht richtig wedder de ganz, ganz grote Fruu up'e Dörsüll.

„Moin", seggt Hans so driest as man wat, un fraagt, um se nich so guut we'n will un geven em wat to eten. He schall man blots afhau'n, seggt de ganz, ganz grote Fruu, anners itt ehr Mann em to Fröh- stück. Man um he nich is de Bengel, de dar al mal henkamen is, meent se. Domals hett ehr Mann ach- terher een vun sin Büdels mit Goldstücken fehlt. Dat is ja gediegen, seggt Hans, man dar kunn he ehr ja wat to vertellen, meent he, aver he is so hungerig, he kann gar nich recht snacken, ehrer he hett wat to eten hatt.

Na, do ward de ganz, ganz grote Fruu so nieschierig, se nimmt em mit rin un gifft em wat to eten. Man he hett knapp anfungen un mümmeln dar an rum so langsam, as 't man geiht, do hören se bumm! bumm! de Ries sin Schre', un sin Fruu verstickt Hans wedder in'e Backaben.

Nu geiht dat allens wedder jüst so as vördem. De Ries kümmt rin as ehrdem, seggt: „Fidie, fidoo, fidamm", un kriggt sin Fröhstück vun dree braa'ne Ossen. Denn seggt he to sin Fruu, se schall em de Hehn bringen, de de gollne Eier leggen deit. Do bringt se 'n her, un de Ries seggt: „Legg!", un do leggt 'n en Ei vun idel Gold. Un denn sackt de Ries bi lütten de Kopp up'e Bost, un he ward snorken, dat dat Huus bevern deit.

Do krabbelt Hans up Tehnspitzen rut ut'e Backaben un snappt sik de gollne Hehn un is uck al buten. Man do ward de Hehn gackern, un dar ward de Ries waak vun, un jüst as Hans ut'e Huusdör löppt, hört he em noch ropen: „Fruu, Fruu, wat hest du mit min gollne Hehn maakt?" Un de Fruu seggt: „Woso, wat is denn los?" Mehr hört Hans nich, denn he suust afste' hen na de Bohnenstengel un klarrt dal as de Füerwehr. Un as he na Huus kümmt, wiest he sin Mudder de wunnerbare Hehn un seggt to 'n „Legg!"; un ümmer wenn he seggt „Legg!", denn leggt 'n en gollne Ei.

Man Hans is noch nich tofreden, un dat duert nich lang', do ward he Sinns, he will nochmal sin Glück versöken dar baven an'e Bohnenstengel. Do steiht he een schöne Morrn fröh up un geiht hen na de Bohnenstengel, un he klarrt, un he klarrt, un he klarrt, un he klarrt, bet he baven ankümmt. Man dütmal hett he sik dat beter oeverleggt un geiht nich liek na de Ries sin Huus. As he dar neeg bi is, töövt he achter en Busch, bet he de Ries sin Fruu rutkamen süht mit en Ammer, se will Water halen. Un denn sliekert he sik in't Huus un verstickt sik in'e Kopperketel. He is dar noch nich lang', do hört he wedder bumm! bumm! bumm! un de Ries un sin Fruu kamen rin.

„Fidie, fidoo, fidamm, ick rüük dat Bloot vun en Mann!", röppt de Ries. „Ik rüük em, Fruu, ik rüük em!" – „Deist du dat?", seggt de Ries sin Fruu. „Wenn dat de dare lütte Hallunk is, de di dat Geld klaut hett un de Hehn, de de gollne Eier leggt, denn sitt he bestimmt in'e Backaben." Un beide gahn se gau hen na de Backaben. Man to'n Glück is dar keen Hans, un de Ries sin Fruu seggt: „Du ümmer mit din Fidie, fidoo, fidamm. Dat is natürlich de Bengel, de du güstern avend fungen hest un de ik di jüst to Fröhstück braa'n heff. Dat ik dat uck vergeten kunn! Un dat du so doesig büst un na so vel Jahren noch nich de Ünnerscheed kennst twüschen lebennig un doot!"

Do sett de Ries sik dal to sin Fröhstück un itt dat up, man af un to mummelt he vör sik hen: „Ik harr swören kunnt ...", un denn steiht he up un söcht in'e Spieskamer, un in'e Schappen un oeverall, man to'n Glück denkt he nich an dat Koppergeschirr.

As he ferdig is mit Fröhstück, röppt de Ries: „Fruu, Fruu, bring mi mal min gollne Harp!" Do bringt se em de un stellt 'n vör em up'e Disch. Denn seggt he: „Sing!", un de gollne Harp singt ganz wunnerbar smuck. Un 'n singt un singt, bet de Ries inslöppt un snorken ward, as wenn 't dunnert.

Do böhrt Hans ganz liesen de Deckel vun'e Kopperketel hooch un kümmt dal as en Muus un krabbelt up all veer an'e Disch ran, dar he denn hooch, de gollne Harp snappt un dar hen na de Dör mit. Man de Harp ward luut ropen: „Meister! Meister!“, un de Ries ward dar waak vun un ward jüst noch Hans wies, wo de mit sin Harp utneiht.

Hans löppt so gau, as he kann, un de Ries kümmt achter em ranstörmt un harr em sachs bald inhaalt, man Hans hett ja en Vörsprung, un he weet ja uck, wonem he hen will. As he henkümmt na de Bohnenstengel, is de Ries man noch twintig Schre' achter em, do süht he Hans mitmal verswinnen. Un as he an't Enne vun'e Straat kümmt, süht he Hans nedden um sin Leven klarrn. Na, de Ries truut de dare Lerring nich recht, un he steiht un toegert, un do kriggt Hans wedder en Vörsprung. Man jüst denn röppt de Harp wedder: „Meister! Meister!“, un do swingt de Ries sik dal an'e Bohnenstengel, un de bevert düchtig, so swaar, as he is. Hans klaart dal, un de Ries klarrt achter em her. Man nu is Hans dalklarrt un dalklarrt un dalklarrt un is al meist to Huus. Do bölkt he: „Mudder! Mudder! Bring mi gau en Äx, bring mi gau en Äx!“ Un sin Mudder kümmt rutstört't mit de Äx in'e Hand, man as se na de Bohnenstengel kümmt, do blifft se vör Angst boots! stahn, denn se ward de Ries wies, de kümmt mit sin Beens jüst dör de Wulken.

Man Hans jumpt dal un kriggt de Äx faat un haut dar in'e Bohnenstengel mit un haut 'n half dörch. De Ries markt, de Bohnenstengel bevert un wackelt, un do hollt he eerstmal an un kickt, wat dar los is. Do haut Hans nochmal to mit de Äx un haut de Bohnenstengel ganz dörch, un do ward 'n umkippen. Do fallt de Ries dal un fallt sik de Brägen in, un de Bohnenstengel fallt achterher.

Denn wiest Hans sin Mudder sin gollne Harp, un de hebben se denn utstellt, un de gollne Eier hebben se verköfft, un do sünd Hans un sin Mudder bannig rieke Lüüd wurrn, un he hett en Prinzessin hei‐raad't, un se hebben glücklich levt, bet se dootbleven sünd.

De Geschicht vun de dree lütte Swiens

Dar is mal en ole Soeg we'n, de hett dree Farkens hatt. Man nu hett se nich nugg för un nähren se, un do seggt se, se schoe'n man afste' trecken un se's Glück söken. De eerste, de lostreckt, bemött en Mann mit en Klapp Stroh un seggt to em, he schall 'n doch de dare Klapp Stroh geven, dat 'n dar en Huus vun buu'n kann. De Mann deit dat, un dat lütte Swien buut dar en Huus vun. Foorts kümmt de Wulf an, kloppt an'e Dör un seggt: „Lütt Swien, lütt Swien, laat mi in!" Man dat Swien seggt: „Nee, nee, ik laat di nich in, so wahr ik Haar heff an min Dubbelkinn!" Do seggt de Wulf: „Denn snuuv ik un puust ik un puust din Huus um." Un he snüfft un puustet, un dat Huus fallt um, un de Wulf fritt dat lütte Swien up.

Dat tweete lütte Swien bemött en Mann mit en Bund Geil'n[1] un seggt to em, he schall 'n doch de dare Geil'n geven, dat 'n dar en Huus vun buu'n kann. De Mann deit dat, un dat Swien buut sin Huus. Do kümmt de Wulf un seggt: „Lütt Swien, lütt Swien, laat mi in!" Man dat Swien seggt: „Nee, nee, ik laat di nich in, so wahr ik Haar heff an min Dubbelkinn!" Do seggt de Wulf: „Denn snuuv ik un puust ik un puust din Huus um." Un he snüfft un puustet, un dat Huus fallt um, un de Wulf fritt dat lütte Swien up.

Dat drütte lütte Swien bemött en Mann mit en Last Teegelsteens un seggt, he schall 'n doch de dare Teegelsteens geven, dat 'n sik dar en Huus vun buu'n kann. Do gifft de Mann em de Teegelsteens, un he

---

[1] Geil = Ginster (dän. gyvel)

buut sik dar en Huus vun. Do kümmt de Wulf jüst so as na de anner lütte Swiens un seggt: „Lütt Swien, lütt Swien, laat mi in!" Man dat Swien seggt: „Nee, nee, ik laat di nich in, so wahr ik Haar heff an min Dubbelkinn!" Do seggt de Wulf: „Denn snuuv ik un puust ik un puust din Huus um." Un he snüfft un puustet, un he snüfft un puustet, un he snüfft un puustet, man dat Huus kriggt he nich umpuustet. As he markt, he kann snuven un puusten so dull, as he will, he kriggt dat Huus nich umpuustet, do seggt he, he kennt en feine Stä' mit Röven. „Wonem denn?" fraagt dat lütte Swien. Och seggt he, up Meister Smidt sin Koppel. „Wenn du morrn fröh praat büst, denn haal ik di af, un denn koenen wi tosamen hengahn un halen wecken to Middag." Geiht klaar, seggt dat lütte Swien, he will sik denn praat holen. Wannehr de Wulf denn afste' will? Och, bi Klock söss, seggt de Wulf. Na, dat lütte Swien steiht Klock fiev up un haalt sik wecke Röven, ehrer de Wulf kümmt (dat deit he ja Klock söss) un fraagt, um he praat is. Praat? seggt dat lütte Swien, he is hen we'n un is al wedder t'rüch un hett en feine Puttvull to Middag.

Do is de Wulf düchtig füünsch, man he denkt, he will dat lütte Swien al up jichens en Aart kriegen, un do seggt he, he kennt en feine Appelboom. Wonem de denn is, will dat lütte Swien weeten. Nedden in de Möller sin Gaarn, seggt de Wulf, un wenn he em nich anschieten will, denn so kümmt he de anner Dag Klock fiev un haalt em af, un denn koenen se wecke Appeln halen. Na, dat lütte Swien kümmt de neegste Morrn al Klock veer hooch, un denn man afste' na de Appeln. He will ja geern wedder to Huus we'n, ehrer de Wulf kümmt. Man de Weg is dütmal wieder, un he mutt up'e Boom rupklarrn, un jüst as he bi is un klarrn wedder dal, do süht he de Wulf ankamen. Do ward he düchtig bang', dat kannst di ja denken. As de Wulf ankümmt, seggt he: „Na, lütt Swien, büst du al dar? Sünd de Appeln fein?" „Ja, bannig fein", seggt dat lütte Swien, „pass up, ik smiet di een dal!" Un he smitt 'n so wied, de Wulf mutt dar en ganze Enne na lopen un sammeln 'n up, un wieldes hoppt dat lütte Swien dal vun'e Boom un löppt gau na Huus.

De neegste Dag kümmt de Wulf wedder un seggt to dat lütte Swien: „Hüüt Namiddag is Markt in't Naverdörp. Wullt du mit?" Oh ja, seggt dat lütte Swien, he will geern mit; wonehr de Wulf denn klaar is? Klock dree, seggt de Wulf. Do maakt dat lütte Swien sik al vörher up'e Weg, so as ümmer, un kümmt to Markt un köfft en Botterfatt. Dar is he up'e Weg na Huus mit, do süht he de Wulf ankamen. Wat nu? Wat schall he nu maken? Do krüppt he rin in't Botterfatt un verstickt sik dar in. Man darbi kippt 'n um un rullt de Barg dal mit dat lütte Swien dar in. Do ward de Wulf so bang', he löppt liek na Huus un geiht gar nich eerst hen to Markt. He geiht na dat lütte Swien sin Huus un vertellt, he is so gresig bang' wurrn för so'n grote, runne Ding, dat is de Barg dal up em to kamen. „Ha!" seggt dat lütte Swien, „denn heff ik di bang' maakt. Ik weer to Markt we'n un harr en Botterfatt köfft, un as ik di sehg, bün ik dar rinkrapen un de Barg daltrünnelt."

Do ward de Wulf so richtig füünsch un seggt, he will un will dat dare lütte Swien upfreten, un do will he de Schosteen dal un kriegen 'n faat. Man dat lütte Swien ward wies, wat de Wulf vörhett, un do hängt he de grote Ketel vull Water an'e Haak un maakt dar en gewaltige Füer ünner, un jüst as de Wulf dalkümmt, nimmt he de Deckel af, un de Wulf fallt dar rin. Do leggt dat lütte Swien gau de Deckel wedder up, kaakt em gar un itt em up to Avendköst un levt denn glücklich un tofreden in sin Huus bet an sin Enne.

De Meister un sin Lehrling

Dar is mal en bannig kloke Mann we'n, de hett all de Spraken ünner de Sünn kennt un all de Geheemnissen vun'e Welt. He hett een grote Book hatt, in swatte Ledder bunnen un mit en ieserne Slott un ieserne Ecken, un dat is mit en Ked fastmaakt we'n an en Disch, un de Disch is up'e Del fastschraven we'n. Un wenn he in dat Book hett lesen wullt, denn hett he dat eerst mit en ieserne Sloetel upslaten, un keen anner as blots he hett dar in les't, denn dar hebben all de Geheemnissen vun'e Geisterwelt in stahn. Dar hett in stahn, wovel Engels in'e Himmel sünd, wodennig se in se's Formatschonen marscheern un in se's Chör singen, wat elk vun se för'n Upgaven hett, un wo elkeen grootmächtige Engel heeten deit. Un dar hett in stahn, wovel Düvels dat gifft, wat se för'n Macht hebben, wat se doon, un wo se heeten, un wodennig een se ropen kann, un wodennig een se Upgaven upleggen kann, un wodennig en Minsch se in sin Macht kriegen un as Slaven bruken kann.

De dare Meister hett en Lehrling hatt, dat is man en Doeskopp we'n, un he is de grote Meister sin Upwahrer we'n, man nie nich hett he in dat swatte Book rinkieken durft, knapp dat he in'e Privatstuuv hett rinkamen durft.

Mal is de Meister nich to Huus, un do löppt de Bengel, nieschierig as man een, gau na de Kamer, 'nem sin Meister sin wunnerbare Redschoppen stahn hett, 'nem he Kopper mit to Sülver maken kann, un 'nem sin Speegel is, 'nem he allens in sehn kann, wat up'e Welt passeert, un 'nem de Muschel is, wenn he de an't Ohr hollt, denn fluustert 'n all de Wöör, de jichens een spreken deit, 'nem de Meister wat vun weeten will. Man de Bengel versöcht vergevs mit de Degeln un maken Kopper un Blie to Gold un Sülver; he kickt lang un vergevs in'e Speegel: Qualm un Wulken trecken dar oever hen, un he kann nix klaar sehn, un de Muschel bringt an sin Ohr blots undüütliche Gemummel, so as wenn wied weg an'e Küst sik de Wellen breken.

Schiet, seggt he, he kann nix maken, he weet ja nich de Wöör, de he seggen mutt, un de sünd in dat dare Book inslaten. He kickt sik um, un süh dar! dat Book is apen; de Meister hett vergeten un sluten dat to, ehrer he weggahn is. De Jung gau hen un dat Book upslaan. Dat is mit rode un swatte Dinte schreven, un dat mehrste kann he nich verstahn. Man he leggt sin Finger up een Reeg un bookstabeert sik dar dörch.

Foorts ward de Stuuv düüster, un dat Huus ward bevern; en Dunnerslag rullt dör de Vördel un de ole Stuuv, un vör em steiht en ganz, ganz gresige Keerl un spiggt Füer un hett Ogen as brennen Lampen. Dat is de Düvel Beelzebub, de hett he rapen, dat he em deenen schall.

„Giff mi wat to doon!", seggt he mit en Stimm, de hört sik an, as wenn so'n glöhnige ieserne Aben bullert. De Jung steiht blots un bevert, un sin Haar stahn piel tohööcht. „Giff mi wat to doon, oder ik dreih di de Hals um!" Man de Bengel kann sin Spraak nich finnen. Do kümmt de leege Geist na em ran, streckt sin Hand ut un kriggt em bi de Görgel, un de Fingern brennen sin Fleesch. „Giff mi wat to doon!"

„Water de dare Bloom", röppt de Jung vertwiefelt un wiest up en Granum, de steiht dar in en Putt up'e Del. Foorts is de Geist buten, man jüst so gau is he wedder dar mit en Tunn up'e Rügg, un wat dar in is, gütt he oever de Bloom. Un ümmer un ümmer wedder geiht he un kümmt wedder un gütt ümmer mehr Water ut, un de Del is al bet an de Enkeln vull Water.

„Hol up, hol up!", röppt de Jung, man de Geist hört nich up em. De Bengel kennt ja nich de Wöör, 'nem he em wedder mit wegschicken kann, un ümmerto haalt he Water. Dat geiht de Jung al bet an'e Kneen, un ümmer mehr Water ward dar utgaten. Dat stiggt al bet an'e Jung sin Liev, un Beelzebub bringt een Tunn vull na de anner. Nu geiht em dat al bet ünner de Arms, un he krabbelt rup up'e Disch. Nu steiht dat Water in'e Stuuv al bet hooch an'e Finstern un klatscht an'e Ruten un spölt um sin Fööt up'e Disch. Ümmer höger stiggt dat, nu geiht em dat al bet an'e Bost. Dar helpt em keen Blarrn, de leege Geist lett sik nich wegschicken, un he wurr vundaag noch Water slepen un harr sachs al ganz Sleswig-Holsteen afsapen.

Man up sin Weg ward de Meister dar an denken, he hett dat Book nich toslaten, un **do** dreiht he um, un jüst as dat Water de Jung um't Kinn blubbert, kümmt he rinstörten un seggt de Wöör, de Beelzebub wedder t'rüggschicken na sin fürige Hüsen.

Hans un sin gollne Snuuvtobacksdoos

Dar is mal in ole Tieden – un dat sünd gude Tieden we'n, uck wenn't nich in min Tied un uck nich in din Tied oder anners een sin Tied we'n is – do is dar mal en ole Mann we'n un en ole Fruu, un de hebben een Soehn hatt, un se hebben in en grote Holt wahnt. Un se's Soehn hett nie nich anner Lüüd to Gesicht kregen, man he hett wusst, dar sünd noch wecke annern as blots sin Vadder un Mudder, denn he hett en Barg Böker hatt, dar hett he elkeen Dag wat vun se in les't. Un wenn he vun smucke junge Deerns les't hett, denn is he dar ganz wild na we'n un seh'n dar mal wecken vun. Un mal een Dag, as sin Vadder buten is un hau'n Holt, do seggt he to sin Mudder, he will afste' un sin Broot annerwegens verdeenen un mal anner Lüüd seh'n as blots ümmer de beiden. Un he seggt, dar in't Holt süht he ja nix as grote Böme um sik rum, un wenn he dar blifft, denn so ward he vellicht noch tumpig, ehrer he jichens wat anners to seh'n kriggt. Un de heele Tied, wo he sodennig mit sin ole Mudder snacken deit, is sin Vadder buten.

De Oolsch seggt, wenn he afste' will, denn so is dat sachs beter, he geiht, un de leve Gott mag em wahren. Se will ja dat Beste för em. Man wat he hebben will, fraagt se denn, um se em leever schall en lütte Kook maken un ehr Segen geven oder en grote Kook un em to'n Düvel wünschen. Oha, seggt he, se schall em man en grote Kook maken, he kriggt sachs Hunger ünnerwegens. Do backt de Oolsch en grote Kook, un se geiht rup up'e Boehn un wünscht em to'n Düvel so lang', as se em noch seh'n kann.

Do bemött he sin Vadder, un de Ole fraagt em ja, wonem he hen will. Do vertellt he sin Vadder datsülve

Stück, wat he to sin Mudder seggt hett. Och, seggt sin Vadder, dat deit em leed, dat he weg will, man wenn he sik dat mal vörnahmen hett, denn so schall he man gahn.

De Bengel is noch nich wied kamen, do röppt sin Vadder em t'rügg; he kriggt en gollne Snuuvtobacksdoos ut'e Tasch un seggt, de schall he man in'e Tasch steken, man he schall 'n jo nich upmaken, ehrer he de Dood neeg is. Un denn geiht Hans afste', un he geiht un geiht, bet he möö' is un hungerig, denn sin Kook hett he ünnerwegens al heel un deel upeten. Un nu ward dat al düüster, he kann knapp noch de Weg vör sik seh'n. Do ward he en Licht wies, wied vörut, un geiht dar up los. Un do kümmt he an de Achterdör vun en grote Huus un kloppt an, bet een vun de Deenstdeerns kümmt un em fragen deit, wat he will. He seggt, de Nacht is em oeverkamen, un he söcht en Stä' un slapen. Do nimmt de Deenstdeern em mit rin an't Füer un gifft em düchtig wat to eten, Fleesch un Broot un Beer, un as he bi is un eten, do kümmt de Herr sin Dochter un bekickt em, un se mag em lieden, un he mag ehr lieden. Un de Deern löppt na ehr Vadder un un vertellt em, dar sitt en smucke junge Mann achtern in'e Koek. Do kümmt de Herr foorts an un fraagt em ut un will weeten, wat för'n Arbeit he doon kann. Hans, doesig as he is, seggt, he kann allens. Dar meent he mit, he kann elkeen doesige Arbeit doon, de so in un um't Huus anfallen deit.

Na, seggt de Herr, wenn he allens kann, denn so schall dar Klock acht de neegste Morrn en grote See vör sin Herrenhuus we'n mit en paar vun de grötttste Kriegsschep dar up, un dat grötttste Schipp schall Salut schöten, un de letzte Schuss schall dat Been vun dat Bett weghau'n, 'nem sin Dochter in slapen deit. Un kriggt he dat nich klaar, denn so kost't em dat sin Leven.

„Is guut", seggt Hans, un denn geiht he to Bett. He bed't noch geruhig to Nacht, un denn slöppt he, bet de Klock binah acht is, un he hett knapp Tied un denken dar oever na, wat he doon schall, do fallt em upmal de lütte gollne Doos in, de sin Vadder em geven hett. Un he seggt to sik sülven, so neeg is he de Dood noch nie nich we'n as nu, un he langt in'e Tasch un kriggt de lütte Doos rut. Un as he 'n upmaakt, do hoppen dar dree lütte rode Keerls rut un fragen Hans, wat he vun se will. Och, seggt Hans, he bruukt en grote See un wecken vun'e gröttste Kriegsschep vun'e Welt vör dat dare Herrenhuus, un dat gröttste Schipp schall Salut schöten, un de letzte Schuss mutt dat Been vun dat Bett weghau'n, 'nem de dare Deern in slapen deit. Is guut, seggen de lütte Keerls, he schall man wedder to Bett gahn.

Hans hett knapp Tied un kriegen de Wöör ut'e Mund un vertellen de lütte Keerls, wat se doon schoe'n, do sleit dat uck al Klock acht, un do geiht dat bumm! bumm! vun dat gröttste Kriegsschipp. Un Hans jumpt ut't Bett un kickt ut't Finster, un du kannst mi gloven, dat is för em en wunnerbare Anblick, wo he so lang' blots bi sin Vadder un Mudder in't Holt levt hett.

Hans treckt sik denn an, bed't to Morrn un kümmt lachen de Trepp dal. He is bannig stolt, dat em dat sodennig glückt hett. De Herr kümmt hen na em un seggt: „Na, Jung, ik mutt al seggen, du büst recht plietsch. Kumm man to Fröhstück." Un denn vertellt he em, dar sünd noch twee Dingen, de he doon mutt, un denn schall he sin Dochter to Fruu hebben. Hans vertehrt sin Fröhstück un kickt sik de Deern arig an, un se em uck.

Dat Neegste, wat de Herr em updrägen deit, is, he schall all de Böme een Miel in'e Runn dalhau'n bet morrns Klock acht. Un ik will dat man kort maken, dat geiht uck klaar, un dat gefallt de Herr. Un denn seggt de Herr to em, wat he nu noch doon schall – un dat is denn dat Letzte –, dat is, he schall em en grote Slott herkriegen up twölf gollne Pielers; un dar schoe'n Regimenter vun Suldaten kamen un exerzeern. Klock acht schall de boeverste Offzeer kommandeern: „Stillstahn!" – „Is guut", seggt Hans, un as de drütte un letzte Morrn kümmt, do is dat uck daan, un do kriggt he de junge Dochter to Fruu. Man oha, dar kümmt noch wat up em to!

Nu maakt de Herr en grote Jagdvergnögen un laadt dar all de Eddellüd rundum in't Land to in, uck dat se sik dat Slott ankieken schoe'n. Un Hans hett do en smucke Perd un en scharlacken Jack an för un rieden mit se. As de dare Morrn Hans sin Upwahrer sin Tüüg weghängen will – he hett sik ja umtrocken för de Jagd –, do langt he in een vun'e Westentaschen un kriggt dar de lütte gollne Snuuvtobacksdoos rut, de hett Hans dar in vergeten. Un de Keerl maakt de Doos up, un do kamen dar de dree lütte, rode Keerls ruthoppt un fragen em, wat he vun se will. Och, seggt de Upwahrer do to se, he will dat dare Slott vun dar weg un wied, wied güntsiet de See bröcht hebben. „Is guut", seggen de lütte, rode Keerls, „wullt du mit?" – „Ja", seggt he. „Na, denn man rup mit di!", seggen se, un denn geiht dat afste' wied, wied güntsiet de grote See.

Nu kümmt de grote Jagdsellschop t'rügg, un do is dat Slott up'e twölf gollne Pielers nich mehr dar, un dat deit vör allen de leed, de dat noch nich sehn hebben. Un do seggen se to de stackels doesige Hans, se woe'n em sin smucke junge Fruu wegnehmen, wo he se sodennig anscheten hett. Man toletzt ward de Herr sik mit em eenig, he kriggt twölf Maanden un een Dag Respiet un kann dat söken. Un do he denn ja afste' mit en gude Perd un Geld in'e Tasch.

Do maakt he sik up'e Söök na sin verswunnene Slott, oever Bargen un Slunken, dörch wille Holt un oever Schaapweiden, wieder as ik ju seggen kann oder uck will. Toletzt kümmt he dar hen, 'nem de König vun all de lütte Müüs wahnen deit. Een vun de lütte Müüs steiht up Posten vör dat grote Door, un de will Hans upholen. Hans fraagt de lütte Muus, wonem de König wahnen deit, he will em geern an't Woort. Do schickt düsse en anner een mit, de schall em t'recht-wiesen, un as de König em wies ward, do röppt he em rin. Un de König fraagt em ut un will weeten, wonem he up dal will. Na ja, do vertellt Hans em denn allens, as dat is, dat em dat grote Slott fleuten gahn is un dat he dar nu na söken deit, un he hett twölf Maanden un een Dag Tied un finnen dat. Un Hans fraagt de König, um he dar wat vun weet, un de König seggt nee, man he is ja de König vun all de lütte Müüs up'e Welt, un he will se de neegste Morrn all tohopen ropen, vellicht hebben de dar ja wat vun sehn.

Denn kriggt Hans fein wat to eten un en Bett, un de neegste Morrn geiht he mit de König rut up't Feld. Dar röppt de König all de Müüs tohopen un fraagt se, um se hebben dat grote feine Slott sehn up gollne Pielers. Un all de lütte Müüs seggen nee, vun se hett keeneen dat sehn. Do seggt de ole König to em, he hett noch twee Bröder: De eene is de König vun all de Hoppetuutsen[1], un sin öllste Broder is de König vun all de Vageln up'e Welt. Wenn he na de hengeiht, vellicht weeten de ja wat vun dat verswunnene Slott. Un denn seggt de König: „Laat din Perd man hier un sett di up een vun min beste Perde, un denn giff min Broder düsse Kook hier; he weet denn al, wokeen du de vun hest. Un segg em, mi geiht dat guut, un he schall mi doch mal besöken." Un denn seggen de König un Hans sik adjüs.

Un as Hans ut'e Poort rutrieden deit, do fraagt de lütte Muus em, um 'n schall mit em kamen. Nee, seggt Hans, denn kriggt he blots noch Maleschen mit de König. Man de Lütte seggt to em, dat is beter för em, wenn 'n mitkümmt, vellicht kann 'n em ja mal nütten, ahn dat he dat weet. Na, seggt Hans, denn schall 'n man rupjumpen, un de lütte Muus löppt an'e Perd sin Been tohööcht, dat dat Deert danzen ward, un Hans stickt de Muus in'e Tasch.

As Hans sodennig de König adjüs seggt un de lütte Muus, de dar up Posten steiht, in'e Tasch staken hett, maakt he sik up'e Padd; un he mutt wied reisen, un düt is sin eerste Dag. Toletzt kümmt he dar denn an, un do steiht dar een vun de Hoppetuutsen up Posten, Flint oever de Schuller, un will Hans upholen. Man as Hans to em seggt, he will mit de König snacken, do lett he em dörch, un Hans kümmt an de Dör. De König kümmt rut un fraagt em, wat he will, un Hans vertellt em allens vun Anfang bet Enne. Na, denn schall he man rinkamen. De Avend ward he fein verplegt, un de neegste Morrn quarkt

---

[1] Hoppetuuts = Frosch

de König ganz gediegen un röppt all de Hoppe-
tuutsen up'e Welt tohopen. Un do fraagt he se, um se
wat weeten oder sehn hebben vun en Slott, dat up
twölf gollne Pielers stahn deit, un do quarken se all
ganz wunnerlich: „Kro-kro, kro-kro", un seggen
„Nee".

Hans kriggt wedder en anner Perd un en Kook för
düsse König sin Broder, dat is de König oever all de
Vageln in'e Luft. Un as he ut dat Slottsdoor rieden
deit, do fraagt de lütte Hoppetuuts, de dar up Posten
steiht, um he schall mitkamen. Eerst seggt Hans
nee, man toletzt seggt he doch: „Hopp man rup" un
stickt 'n in'e anner Westentasch. Un denn maakt he
sik wedder up sin lange Reis; de is dütmal dreemal
so lang as de eerste Dag, man upletzt finnt he dar
hen, un do steiht dar en feine Vagel up Posten. Un
Hans geiht an 'n vörbi, un de seggt em nix, un he
snackt mit'e König un vertellt em nipp un nau allens
vun dat dare Slott. Na, seggt de König, de neegste
Morrn schall he vun sin Vageln to weeten kriegen,
um se wat weeten oder nich. Hans stellt sin Perd in'e
Stall, kriggt wat to eten un geiht denn to Bett. Un as
he de neegste Morrn upstahn is, do gahn de König
un he rut up't Feld, un dar kreiht de König mal ganz
gediegen, un do kamen all de Vageln tohopen, de dat
up'e Welt geven deit. Un de König fraagt se, um se
hebben so un so'n feine Slott sehn, un all de Vageln
seggen nee. Do fraagt de König, wonem denn de gro-
te Vagel is, man se moeten lang' luern, bet de Adler
upduken deit. Toletzt kümmt 'n denn an, natt vun
Sweet, man eerst sünd noch twee lütte Vageln hooch
an'e Heven rupschickt wurrn un hebben na em fleu-
tet, he schall sik streven, all wat he kann. De König
fraagt de grote Vagel, um he hett dat grote Slott

38

sehn, un de Adler seggt: Ja, dar kümmt he jüst her, 'nem dat nu is. Fein, seggt de König, de dare Herr hett dat missen musst, un de grote Vagel schall mit em dar wedder henfleegen, man eerst schall he sik en beten wat to eten kriegen.

Do maken se en Kalv doot, un dat mehrste darvun kriggt de Adler to freten för sin Reis oever de See, un he mutt Hans up sin Rügg nehmen. As se do dat Slott up Sicht kriegen, do weeten se nich wat se maken schoe'n för un kriegen de lütte gollne Doos. Do seggt de lütte Muus, se schoe'n ehr man dal laten, denn so will se de Doos sachs kriegen. Do sliekert de Muus sik rin in't Slott un kriggt de Doos faat; un as se de Trepp dalkümmt, do fallt de Doos dal, un binah kriegen se de Muus faat. Man denn kümmt se rutlapen darmit un will sik meist dootlachen. Um se de Doos hett, fraagt Hans. De Muus seggt „Ja", un do glieden se sik wedder af un laten dat Slott achter sik t'rügg.

As se all veer (Hans, Muus, Hoppetuuts un Adler) oever de See sünd, do warrn se sik strieden, wokeen nu de dare lütte Doos haalt hett, un do glitt 'n se weg un fallt in't Water. (Dat kümmt darvun, se hebben dat Dings ümmer bekeken un hebben dat vun Hand to Hand wiederlangt, un do laten se dat mal fallen, un do fallt de lütte Doos dal up'e Grund vun'e See.) Na kiek, seggt de Hoppetuuts, he hett doch wusst, he kriggt noch wat to doon, se schoe'n em man mal dal laten in't Water. Do laten se em dal, un do is he dar nedden dree Daag un dree Nachten, un denn kümmt he wedder hooch un stickt sin Näs un sin lütte Snuut ut't Water rut. Do fragen se em all, um he de Doos funnen hett. Nee, seggt he. Ja, wat he dar denn will, fragen se. Gar nix, seggt he, he will blots mal deep

Luft halen, un denn geiht de stackels lütte Hoppe-
tuuts wedder dal un blifft een Dag un een Nacht dar
nedden, un denn bringt he de Doos rup.

Do se denn wedder afste', na dat se veer Daag un
veer Nachten dar tobröcht hebben; un na en lange
Reis oever See un Bargen kamen se na dat Slott vun
de ole König, de Herr oever all de Vageln up'e Welt
is. Un de König freut sik un sehn se, un heet se vun
Harten willkamen un lett sik allens vertellen. Hans
maakt de lütte Doos up un seggt to de lütten Keerls,
se schoe'n hengahn un dat Slott dar na se henbrin-
gen, un dat so gau as't geiht.

Do maken de dree lütte Keerls sik up'e Padd, un as
se neeg bi't Slott sünd, do sünd se bang' un gahn dar
hen, bet de Herr un sin Daam un all de Deeners weg
sünd to Danz. Do is dar denn keeneen mehr, bet up
de Koeksch un noch en Deern. Un de lütte rode
Keerls fragen, wat se leever woe'n, mitkamen oder
dar blieven. Un all beid seggen se, se woe'n mit. Do
seggen de lütte Keerls, se schoe'n gau na baven
gahn. Se sünd man knapp baven in een vun de Stu-
ven, do kamen jüst de Herr un de Daam un all de
Deeners in Sicht, man dat is to laat. Af suust dat
Slott in vulle Fahrt, un de beide Fruunslüüd lachen
se ut dör't Finster, wieldes se dar stahn un winken,
se schoe'n anholen, man dat nützt se allens nix.

Negen Daag sünd se ünnerwegens, denn de Sünndag
begahn se as Fierdag: Een vun de lütte Keerls ward
to en Preester, de anner to de Köster un de drütte
sleit de Orgel, un de Fruunslüüd sünd de Bälgen-
pedders, denn dar is uck en feine Kapell in dat dare
Slott. Man de Musik klingt nich so recht, un do löppt
de eene lütte Keerl de eene Orgelpiep hooch un will

sehn, wonem de verkehrte Ton herkümmt. Un do sünd de beide Fruunslüüd blots för dull an't Lachen oever de lütte rode Keerl, wo he sin lütte Beens recken deit so dull, as he man kann, för de Basspiepen, un sin beide Arms uck, un denn mit sin lütte rode Nachtmütz, de he ümmer uphett. Sowat hebben se noch nie nich sehn, un se woe'n sik dar meist dootlachen oever. Man wiel dat de dare Doesköppe se's Arbeit nich passt hebben, fehlt dar nich vel, un se harrn Haverie hatt un dat Slott weer afbuddelt merrn up'e See.

Toletzt, na en glückliche Reis, kamen se wedder hen na Hans un de König. De Köng is heel verbaast, as he dat dare Slott to sehn kriggt, un he geiht de gollne Trepp rup un kickt sik dat vun binnen an.

Dat Slott gefallt de König bannig, man Hans sin Tied vun twölf Maanden un een Dag is bald um, un he will ja uck geern na Huus na sin junge Fruu, un do gifft he de dree lütte Keerls Bescheed, se schoe'n de neegste Morrn Klock acht praat we'n un afste' na de neegste Broder un dar een Nacht blieven. Un vun dar schoe'n se wieder na de letzte, de jüngste Broder, de Herr oever all de Müüs up'e Welt, un dar schall dat Slott ünner de sin Upsicht blieven, bet Hans darna schicken deit. Un denn seggt Hans de König adjüs un dankt em för sin Gastfründschop.

Do treckt Hans denn wieder mit sin Slott un blifft denn een Nacht dar, 'nem he seggt hett. Un denn geiht dat wieder na de drütte König, un dar laten se dat Slott ünner sin Upsicht. Dar mutt Hans dat Slott denn stahn laten un sik wedder up sin Perd setten, dat hett he ja to Anfang dar laten.

Do lett unse Hans denn sin Slott dar un maakt sik up'e Weg na Huus. Un na so vel Vergnögen mit de dree Bröder elkeen Avend kann Hans up sin Perd knapp de Ogen upholen un weer meist verbiestert, wenn de lütte Keerls em nich mött harrn. Toletzt kamen se an, ganz möö' un matt, un sin Lüüd begröten em jüst nich allto fründlich, denn dat klaute Slott is ja nich dar. Un wat noch leeger is, he kann sin junge, smucke Fruu nich wies warrn, se kümmt em nich in'e Mööt, ehr Vadder un Mudder laten ehr nich. Man dat hollt nich lang' vör. Hans gifft vulle Kraft un huult af mit de dree lütte Keerls, dat se dat Slott halen, un dat duert nich lang', un se sünd dar.

Do seggt Hans de König vun de Müüs adjüs un dankt em för sin königliche Fründlichkeit, dat he dat Slott för em wahrt hett. Un denn seggt Hans to de lütte Keerls, se schoe'n de Sparen bruken un gau to maken. Un afste' geiht dat, un dat duert nich lang', do sünd se ankamen, un do kümmt em sin junge Fruu in'e Mööt mit en feine, smucke, lütte Soehn, un do hebben se dar all glücklich tohopen levt bet an se's Enne.

De dree Baren

Dar sünd mal dree Baren we'n, de hebben tosamen in se's Huus in en Holt wahnt. De eene is en ganz lüerlütte Baar we'n, een is en middelgrote Baar we'n, un de drütte is en ganz riesengrote Baar we'n. Elk vun se hett en Fatt to sin Grütt hatt, en lütte Fatt för de ganz lüerlütte Baar, en middelgrote Fatt för de middelste Baar un en grote Fatt för de ganz riesengrote Baar. Un elk vun se hett en Stohl hatt un sitten in, en lütte Stohl för de ganz lüerlütte Baar, en middelgrote Stohl för de middelste Baar un en grote Stohl för de ganz riesengrote Baar. Un elkeen vun se hett en Bett hatt un slapen in: en lütte Bett för de ganz lüerlütte Baar, en middelgrote Bett för de middelste Baar un en grote Bett för de ganz riesengrote Baar.

Mal hebben se de Grütt to se's Fröhstück t'recht un doon 'n in se's Grüttfoet, un denn gahn se en beten to Holts, dat de Grütt eerstmal en beten afköhlen kann un se sik nich de Mund verbrennen, wenn se dar to fröh bigahn. Un wieldes se buten sünd, kümmt dar so'n lütte Oolsch na dat Huus. Man dat kann keen nette, ehrliche Oolsch we'n, denn eerst kickt se in't Finster, un denn pliert se dör't Sloetellock, un as se keeneen wieswarrn kann, lüft't se de Klink an. De Dör is nich toslaten, denn de Baren sünd nette Baren, de doon keeneen wat, un se reken dar uck nich mit, datt jichens een se wat deit. Do maakt de lütte Oolsch de Dör up un geiht rin; un se freut sik, as se de Grütt up'e Disch süht. Weer se en nette lütte Oolsch, denn so tööv'e se ja bet de Baren na Huus kamen, vellicht laden de ehr ja in to Fröhstück; denn dat sünd nette Baren – woll en beten groff un so, as dat nu mal Barenaart is, man liekers bannig guut-

43

mödig un gastfründlich. Man se is en utverschaamte, leege Oolsch, un se geiht bi un bedeent sik.

Do probeert se eerst de ganz riesengrote Baar sin Grütt, man de is ehr to hitt, un do ward se dar oever schimpen. Un denn probeert se de Grütt vun'e middelste Baar, man de is ehr to koolt, un do ward se dar uck oever schimpen. Un denn geiht se bi de Grütt vun'e ganz lüerlütte Baar un probeert de; un de is nich to hitt un nich to koolt, de is jüst richtig. Un de smeckt ehr so fein, se itt 'n ganz up. Man liekers schimpt se – oever dat lütte Grüttfatt, dar is ehr nich nugg in.

Denn sett de lütte Oolsch sik dal in'e ganz riesengrote Baar sin Stohl, man de is ehr to hart. Un denn sett se sik dal in'e Stohl vun'e middelste Baar, man de is ehr to week. Un denn sett se sik dal in'e Stohl vun'e ganz lüerlütte Baar, un de is nich to hart un nich to week, de is jüst richtig. Un do maakt se sik dat dar kommodig in, un se sitt dar, bet de Borm rutfallt, un se sitt bumms! up'e Del. Un dat dare Beest vun Oolsch ward dar uck ganz gresig oever schimpen.

Denn geiht de lütte Oolsch de Trepp rup na de dree Baren se's Slaapkamer. Un eerst leggt se sik dal up'e ganz riesengrote Baar sin Bett, man dat is ehr to hooch an't Koppenne. Denn leggt se sik up't Bett vun'e middelste Baar, man dat is ehr to hooch an't Footenne. Un denn leggt se sik dal up't Bett vun'e ganz lüerlütte Baar, un dat is nich to hooch an't Koppenne un uck nich an't Footenne, dat is jüst recht. Do deckt se sik kommodig to un liggt dar, bet se fast inslapen is.

Wieldes denken de dree Baren, nu is se's Grütt sachs nugg afköhlt, un do kamen se na Huus to Fröhstück. Nu hett de lütte Oolsch de ganz riesengrote Baar sin Lepel in'e Grütt stahn laten. „Dar is een bi min Grütt we'n", seggt de ganz riesengrote Baar mit sin grote, ruge, groffe Stimm. Un as de middelste Baar na sin Grütt kieken deit, do süht he, dar steiht uck de Lepel in. Dat sünd holten Lepeln, anners, wenn dat weern sülvernen we'n, denn harr dat dare Beest vun Oolsch se sachs in'e Tasch staken. „Dar is een bi min Grütt we'n", seggt de middelste Baar mit sin Middelstimm. Denn kickt de ganz lüerlütte Baar na sin, un do is dar de Lepel in't Grüttfatt, man de Grütt is all weg. „Dar is een bi min Grütt we'n un hett 'n heel un deel upeten", seggt de ganz lüerlütte Baar mit sin ganz lüerlütte Stimm.

Nu marken se ja, dar is een in se's Huus kamen un hett de ganz lüerlütte Baar sin Fröhstück upeten, un do sehn se sik mal um. Nu hett de lütte Oolsch dat harde Küssen nich wedder richtig henleggt, as se ut'e ganz, ganz grote Baar sin Stohl upstahn is. „Dar hett een in min Stohl seten", seggt de ganz riesengrote Baar mit sin grote, ruge, groffe Stimm. Un de lütte Oolsch hett en deepe Kuhl in'e middelste Baar sin Küssen seten. „Dar hett een in min Stohl seten", seggt de middelste Baar mit sin Middelstimm. Un wat de lütte Oolsch mit de drütte Stohl maakt hett, dat weetst ja. „Dar hett een in min Stohl seten un hett dar de ganze Borm rutseten", seggt de ganz lüerlütte Baar mit sin ganz lüerlütte Stimm.

Do dücht de dree Baren, se moeten man mal wieder nasöken, un do gahn se de Trepp rup na se's Slaapkamer. Nu hett de lütte Oolsch dat Koppkissen in de ganz riesengrote Baar sin Bett verschaven. „Dar hett

45

een up min Bett legen", seggt de ganz riesengrote Baar mit sin grote, ruge, groffe Stimm. Un de lütte Oolsch hett de Koppkiel in'e middelste Baar sin Bett verschaven. „Dar hett een up min Bett legen", seggt de middelste Baar mit sin Middelstimm. Un as de ganz lüerlütte Baar na sin Bett henkümmt un na-kickt, do liggt de Koppkiel an sin Platz, un dat Kopp-küssen liggt an sin Platz up'e Koppkiel, un up'e Koppküssen liggt de lütte Oolsch ehr grimmige[1], schietige Kopp, un de is nich an sin Platz, denn se hett dar ja gar nix verlaren. „Dar hett een up min Bett legen, un dar is se noch", seggt de ganz lüerlütte Baar mit sin ganz lüerlütte Stimm.

De lütte Oolsch hett in'e Slaap de ganz riesengrote Baar sin grote, ruge, groffe Stimm hört, man se slöppt so fast, dat is för ehr nich mehr, as wenn de Wind ramentert oder de Dunner grummelt. Un se hett de Middelstimm vun'e middelste Baar hört, man dat is nich mehr, as wenn dar een in ehr Droom snackt. Man as se de ganz lüerlütte Stimm vun'e ganz lüerlütte Baar hört, de is so scharp un schrill, dar ward se foorts waak vun. Se fahrt tohööcht, un as se de dree Baren up'e eene Siet vun't Bett wies ward, do trünnelt se sik up'e anner Siet rut un löppt an't Finster. Nu is dat Finster apen, denn as nette, ornliche Baren – un dat sünd se ja nu mal – maken se ümmer dat Slaapkamerfinster up, wenn se morrns upstahn. Rut jumpt de lütte Oolsch. Un um se sik hett bi't Fallen de Hals braken, oder um se in't Holt lapen is un is dar verbiestert, oder um se ut't Holt rutfunnen hett un is upgrepen wurrn vun'e Schandarm un in't Tuchthuus sett as Landstrieker –

---

[1] grimmig = hässlich (dän. grim)

denn dat is se ja –, dat kann ik nich seggen. To-
minnst hebben de dree Baren ehr nie nich wedder to
Gesicht kregen.

Hannes Riesendood

Vör vele, vele Jahren, wiss al mehr as dusend, do is dar mal en Buer we'n, de hett een Soehn hatt mit Naam Hannes. Dat is en kralle un plietsche Jung we'n, un wat he nich mit Knoev un Kräften hett maken kunnt, dat hett he mit plietsche Infälle un Knep klaar kregen, un faken hett he sogar de Gelehrten verbaast mit sin anslägsche Kopp.

Domals hett dar up en Insel dicht an'e Küst de grote un gresige Ries Cormelian levt, de is achtein Foot hooch we'n un fiev Elen um't Liev, un he is de Schreck vun all Städer un Dörper we'n. Wahnt hett he in en Höhl merrn up'e Insel, un keeneen hett in sin Neegde wahnen durft. Eten hett he anner Lüüd se's Veeh, dat is faken sin Büüt we'n, denn wenn he wat to eten hett hebben wullt, denn so is he roeverwaad't an Land un hett sik grappst, wat he hett faat kriegen kunnt. De Lüüd, wenn he ankamen is, denn so sünd se utneiht, un he hett vun se's Veeh klaut, un en halv Dutz Ossen up'e Nack drägen, dat is för em nix we'n. Un wat se's Schaap un Swiens angeiht, de hett he sik so as wecke Geldbüdels um't Liev bunnen. So hett he dat vele Jahren dreven, un dat heele Land is arm wurrn vun sin Röverien.

Mal is Hannes tofällig in't Raathuus, un do sünd de Raatsherrn dar jüst bi un snacken vun de dare Ries, un do fraagt Hannes, wat de för'n Lohn kriegen schall, de em um'e Eck bringen deit. De Lohn, seggen se, is all dat Gold, wat de Ries hett. Denn schoe'n se em dat man doon laten, seggt Hannes.

Do besorgt he sik en Tuuthoorn, en Schüffel un en Piekhack un geiht an en düüstere Winteravend in Schummern roever na de Insel. He geiht foorts an'e

Arbeit, un ehrer dat Morrn is, hett he en Lock graavt, twintig Foot deep un meist jüst so breet, un deckt dat to mit lange Stöcker un Stroh. Denn streut he dar en beten Eerde oever, un dat süht ut as faste Grund. As he dat klaar hett, stellt Hannes sik up'e anner Siet vun dat Lock hen, güntsiet vun de Ries sin Hüsen, un jüst as dat Dag ward, sett he dat Hoorn an'e Mund un blaast: Täterätää, täterätää! De dare Larm maakt de Ries batz! waak, un do kümmt he rutstörten ut sin Höhl un bölkt: „Du verdreihte Lump, büst du herkamen un stören mi in'e Slaap? Dat scha'st du mi düer betahlen! Darför will ik di herkriegen un di to Fröhstück kaken!" Knapp hett he dat rut, do fallt he rin in't Lock, dat de heele Insel bevert. „Na, Ries", seggt Hannes, „wonem büst du denn nu? Oha, nu sittst du ja fein in'e Kniep, un dar will ik di woll piesacken för din Wöör. Wat hollst du nu vun mi as Fröhstück? Will di nix anners smecken as stackels Hannes?" Sodennig stichelt he en ganze Tied, un denn gifft he em düchtig een mit sin Piekhack baven up'e Kopp, un bums! is de Ries doot.

As he dat klaar hett, smitt Hannes dat Lock to mit Eerde, un denn geiht he bi un söcht de Ries sin Höhl dörch, un do finnt he dar en Barg Gold un Eddelsteens. As de Raatsherrn dat hören, do laten se bekannt maken, he schall nu Hannes Riesendood heeten, un se geven em en Swert un en stickte Lievreem, 'nem mit gollne Bookstaven up steiht:

„Düt is de drooke, verwagene Mann,
de hett dootslaan de Ries Cormelian."

De Naricht vun Hannes sin Waagstück is bald in all Lüüd se's Mund in't heele Land, un do hört dar en anner Ries, Doemeldoes mit Naam, de hört dar uck vun, un he seggt, he will Hannes dat t'rüggbetahlen, wenn he mal dat Glück hett un bemöten em. De dare Ries is de Herr vun en verwünschte Slott merrn in en eensame Holt.

So'n veer Maanden later kümmt Hannes up sin Weg na Jüütland an dat dare Holt vörbi, un möö' as he al is, sett he sik dal an en feine Born un fallt in deepe Slaap. As he sik dar fein utruhn deit, kümmt de Ries dar an un will Water halen, un do ward he em dar wies, un vun de Wöör up sin Lievreem weet he, dat is de dare beröhmte Hannes. Do fackelt he nich lang', he kriggt Hannes up'e Nack un driggt em na sin ver- wünschte Slott. As se denn dör en dichte Schrupp[1] kamen, do ward Hannes waak vun dat Knacken vun de Telgens, un do is he nich wenig verbaast, dat de Ries em in sin Klauen hett. Man dat Grugen geiht jüst eerst los, denn as se in dat Slott rinkamen, do süht he, de Del ligt vull mit Minschenknaken, un de Ries seggt, dat schall nich lang' duern, denn liggen sin darbi. Denn sparrt he Hannes in in en gewaltige Kamer, un dar lett he em sitten un geiht hen un halen en anner Ries, dat is sin Broder, de wahnt uck in dat dare Holt, un de schall dar mit bi we'n un bringen Hannes um'e Eck. Wieldes he weg is, hört Hannes gresige Schrien un Klagen, dat maakt em rein bang'. Vör allen is dar een Stimm, de schriet ümmerlos:

> „Do, wat du kannst, un kamen hier weg,
> anners geiht bi de Ries di dat slecht;
> he is los un haalen sin Broder her,
> se woe'n di dootmaken un denn vertehrn."

De dare gresige Larm hett Hannes al meist tumpig maakt, un as he an't Finster geiht, süht he – noch

---

[1] Schrupp = Kratt

wied af – de beide Riesen na dat Slott kamen. So, seggt Hannes to sik sülven, nu gellt dat, nu warrst du dootmaakt oder rett't. Nu liggen dar in'e Eck vun de Kamer, 'nem Hannes is, dar liggen wecke starke Tauen, un dar kriggt Hannes sik twee vun her un maakt dar bi elk Tau an't Enne en starke Sner in. Un wieldes de Riesen bi sünd un sluten de ieserne Slottspoort up, smitt he elk vun se en Tau oever de Kopp. Denn treckt he dat anner Enne oever en Balk un ritt dar an, all wat he kann, un snert se sodennig de Hals to. As he denn süht, se sünd heel blau in't Gesicht, do glitt he an't Tau dal. He kümmt na se's Köppe, un se koenen sik ja nich helpen, un do kriggt he sin Swert rut un maakt se beide doot. Denn nimmt he de Ries sin Sloeteln un slütt de Kamern up, un do finnt he dar dree smucke Deerns, de sünd dar fasttüdert mit se's Haar un meist doothungert. Do vertellt Hannes se, he hett dat Undeert un sin Beest vun Broder afmurkst, un se sünd nu frie. He gifft se de Sloeteln, un denn maakt he sik wedder up'e Padd na Jüütland.

Hannes hett nich vel Geld in'e Tasch, un do denkt he, he mutt dar man dat Beste vun maken un so gau reisen, as he kann. Man he verbiestert, un de Nacht oeverkümmt em, un he kann keen Stä' finnen, 'nem he Nacht blieven kann. Do kümmt he in en smalle Slunk togang', un dar steiht en grote Huus, un in sin Noot nimmt he all sin Moot tosamen un kloppt dar an. Man wat verfehrt he sik, as dar en gresige Ries rutkümmt mit twee Köppe. Man de is, as't schient, nich so wild as de annern, dat is ja en jüütsche Ries, un wat he maakt, dat maakt he mit heemliche Boos-haftigkeit, man he deit so, as wenn he heel fründlich is. Hannes vertellt de Ries, wodennig dat so is mit em, un do bringt de anner em in en Slaapkamer. Un dar hört Hannes em in'e Nacht, as allens still is, in en anner Kamer seggen:

    „Slaap du man to mit ruhige Sinn,
    du sühst nich mehr de Morgensünn:
    Mit min Küül dösch ik di de Bregen in."

„Wat du nich seggst", seggt Hannes, „dat süht di liek. Man ik denk doch, ik krieg di oeverdüvelt." He rut ut dat Bett un dar en Stück Holt rinleggt, un denn verkrüppt he sik in en Eck. So wat hen bi Middernacht kümmt de Ries rin un neiht en paarmal mit sin Küül düchtig up dat Bett un meent ja woll, he hett Hannes all de Knaken in't Liev tweihaut. De neegste Morrn – he kann meist nich vör Lachen – bedankt Hannes sik vun Harten för dat Nachtlager. Wodennig he denn slapen hett, fraagt de Ries, um he nix spört hett. Nee, seggt Hannes, dar is blots en Rott oder sowat we'n, de hett em twee-, dreemal mit'e Steert haut. Do wunnert de Ries sik ja bannig un geiht mit Hannes to fröhstücken. Do bringt he em en Fatt mit so'n fief Kannen Grütt in. Nu schall de Ries ja nich meenen, dat is to vel för em, un do kriggt Hannes sik en grote Ledderpaas ünner sin Oeverrock, dar deit he de Grütt rin, man de Ries ward dar nix vun wies. Denn seggt he to de Ries, nu will he em mal en Knep wiesen, un he kriggt en Mess faat, snitt de Paas up, un all de Grütt kümmt dar rutwöltert. „Hah, dat kann ik uck", seggt de de Ries, kriggt dat Mess faat, snitt sik de Buuk up, fallt um un is doot.

Nu hett sik dat to de Tied jüst todragen, dat de König sin eenzige Soehn to sin Vadder seggt hett, he schall em en Dutt Geld geven, he will afste' un söken sin Glück in Jüütland, dar wahnt en smucke Fruunsminsch, de ward plaagt vun soeven leege Spökels. De

König deit allens un bringen sin Soehn darvun af, man dat helpt nich; do deit he toletzt, wat sin Soehn will, un de Prinz maakt sik up'e Weg mit twee Perde, een beladen mit Geld, dat anner för em sülven un rieden up. He is al en paar Daag ünnerwegens, do kümmt he na en lütte Stadt, dar süht he en Barg Lüüd tosamenlopen. De Prinz fraagt, wat dar los is, un do kriggt he to weeten, se hebben en Dode mit Beslag beleggt, denn de is en Barg Geld schüllig we'n as he dootbleven is. Do seggt de Prinz, dat is en Sünn un Schann, dat se so rachgierig sünd, se schoe'n de Dode man inkuhlen, un de noch Geld vun em to kriegen hebben, de schoe'n na sin Harbarg kamen, denn will he se utbetahlen. Se kamen denn uck, man dat sünd so vel, dat he to Nacht nich mehr na hett as blots twee Schilling.

Nu kümmt Hannes Riesendood dar lang un wat de Prinz dar maakt, dat gefallt em so dull, he will geern sin Bedeenter warrn. Dar warrn se sik denn uck eenig um, un de neegste Morrn maken se sik tosamen up'e Padd. As se jüst ut'e Stadt rutrieden, do röppt dar en ole Fruu na de Prinz un seggt, de dare Mann is ehr sörre soeven Jahr twee Schilling schüllig we'n, de Prinz schall ehr doch man jüst so utbetahlen as all de annern. Do langt de Prinz in'e Tasch un gifft ehr allens, wat he noch hett, un na se's neegste Mahltied – de kost' se all dat Lüttgeld, wat Hannes noch hett –, do hebben se all beid keen Penn mehr up'e Naht. As denn de Sünn ünnergahn will, seggt de Prinz to Hannes, se hebben ja keen Geld, wonem se nu woll Nacht blieven koenen. Och, seggt Hannes, dat löppt sik sachs t'recht, he hett dar en halve Miel weg en Unkel wahnen. Dat is en gewaltige, gresige Ries, seggt he, mit dree Köppe; de nimmt dat mit fievhunnert panzerte Mann up, dat se all vör em utneihn. Oha, seggt de Prinz, wat se dar denn woll schoe'n. De maakt ja sachs Hackfleesch ut se un fritt se up in een Mundvull, un dat is denn nich mal nugg för sin holle Tähn. Och, seggt Hannes, dat is so gefährlich nich, he will man sülven vörut rieden un de Weg frie maken för em; he schall man dar blieven un töven, bet he wedderkümmt.

Na, Hannes ritt ja afste', all wat he kann, un as he an't Slottsdoor kümmt, do ballert he dar so luut gegen, dat dat in'e Bargen rundum man so wedderhallen deit. Do bölkt de Ries mit Dunnerstimm: „Wokeen is dar?" – „Blots din lütte Vedder Hannes", seggt Hannes. „Wat bringt min lütte Vedder Hannes denn för'n Naricht?", fraagt de Ries. „Leege Naricht, min leeve Unkel", seggt Hannes, „dat weet de leeve Gott." – „Ik bidd di", seggt de Ries, „wat kann dat för mi för'n leege Naricht geven? Ik bün en Ries mit dree Köppe, un denn weetst du ja, ik nehm dat mit fievhunnert panzerte Mann up, dat se vör mi utneihn as Kaff vör de Storm." Dat is ja man, seggt Hannes, de König sin Soehn kümmt mit dusend panzerte Lüüd un will em dootmaken un allens tonicht maken, wat he hett. Oha, seggt de Ries, dat is ja würklich leege Naricht. Denn will he man foorts hen un versteken sik, un Hannes schall em insluten un de Sloeteln verwahren, bet de Prinz wedder weg is. As Hannes sodennig de Ries ut'e Weg rüümt hett, haalt he sin Herr, un se maken sik dar en vergnöögte Avend, wieldes de Ries in de Keller liggt un för Angst bevert.

De neegste Morrn versorgt Hannes sin Herr mit en frische Vörraat an Gold un Sülver un schickt em denn en Dreeviddelmiel vörut, 'nem de Ries em nich mehr rüken kann. Denn geiht he wedder rin un lett de Ries rut ut'e Keller, un de fraagt em denn, wat he em geven schall darför, dat he dat Slott so fein wahrt hett un dat nich toschannen gahn is. Och, seggt Hannes, dar will he wieder nix för hebben as de ole Mantel un Hoot mitsammt dat ole rustige Swert un de Schoh dar an't Koppenne vun sin Bett. He weet woll gar nich, seggt de Ries, wat he dar verlangen is, de dare Dinger sünd dat Kostbaarste, wat he hett. De Mantel maakt em unsichtbar, de Hoot maakt em klook, dat Swert snitt allens dörch, wat he darmit hau'n deit, un de Schoh sünd gewaltig gau. Man he hett em so fein hulpen, darför schall he se geern hebben. Hannes nimmt se, bedankt sik bi sin Unkel un hett sin Herr uck bald inhaalt.

Nich lang', do sünd se bi dat Huus vun dat Fruunsminsch, 'nem de Prinz hen will, un as de hört, de Prinz will um ehr anholen, do kriggt se en feine Festeten t'recht. As se ferdig eten hebben, do wischt se em de Mund af mit en Taschendook un seggt, dat dare Dook mutt he ehr de neegste Morrn wedder vörwiesen, anners kost' em dat sin Kopp. Un denn stickt se dat in ehr Bussen. Do geiht de Prinz denn mit grote Sorgen to Bett, man Hannes sin kloke Hoot seggt em, wodennig darbi to kamen is. Hen to Middernacht röppt se ehr Huusgeist, dat de ehr henbringt na Luzifer. Man Hannes treckt sin Mantel vun Düüsternis un sin gaue Schoh an, un do is he jüst so gau dar as se. As se bi de Leege rinkümmt, gifft se de ole Luzifer dat Taschendook, un de leggt dat up en Riech, man Hannes nimmt dat dar wedder weg un bringt dat na sin Herr. Un do wiest dat de anner Morrn richtig de Daam, un do is sin Leven rett'.

De dare Dag seggt se to de Prinz, he schall ehr de neegste Morrn de Lippen wiesen de se de Nacht vörher küsst hett, anners kost' em dat sin Kopp. Och, seggt he, wenn se man keen anner Lippen küssen will as sin, denn so will he dat sachs t'rechtkriegen. Dat's ja en dumme Snack, seggt se, kriggt he dat nich klaar, denn so bringt em dat de Dood. To Middernacht geiht se wedder los, un se is dull up de ole Luzifer, dat he sik hett dat Taschendook wegnehmen laten. Man nu, seggt se, is se de Königssoehn sachs oever, denn se will em küssen, Luzifer, un de Prinz schall ehr sin Lippen wiesen. Un denn deit se dat, un Hannes – de steiht dar ja bi – de snitt de Düvel de Kopp af un bringt 'n ünner sin Unsichtmantel na sin Herr, un de kriggt 'n de neegste Morrn faat bi de Höörn un wiest 'n de Daam. Do is de Bann braken, un de leege Geist huult af vun ehr, un do steiht se dar un is so smuck as man wat. De neegste Morrn warrn se Mann un Fruu, un nich lang' darna gahn se an de König sin Hoff, un dar ward Hannes för all dat, wat he ferdigbröcht hett, to een vun de König sin Ridders slaan.

Hannes hett ja ümmer allens glückt, un do denkt he, he will sik nich up'e fule Huut leggen, man allens doon, wat he kann för de Ehr vun sin König un sin Land. Un do besnackt he de König, he schall em utstaffeern mit en Perd un Geld, dat he lostrecken kann un söken nüe Waagstücken. Denn he seggt, dar sünd noch en Barg Riesen an'e buterste Kanten vun't Land un maken de König sin Lüüd gewaltige Schaden. Man wenn de König em Verlööv geven will, meent he, denn so will he se in korte Tied utrotten mit Rump un Stump un dat heele Riek befrien vun de dare Riesen un Undeerten. As de König de dare

Be' hört hett, gifft he Hannes allens, wat he för sin Ünnernehmen bruukt, un Hannes maakt sik up'e Padd, un he nimmt de kloke Hoot, dat snieden Swert, de gaue Schoh un de Unsichtmantel mit, dat he dat gefährliche Wark, wat vör em liggen deit, so vel beter bestahn kann.

Hannes treckt oever Bargen un dörch Slunken, un de drütte Dag kümmt he an en grote Holt, un knapp is he dar binnen, do hört he gresige Krieschen un Schrien. He kickt sik um, un do süht he en gewaltige Ries, de treckt en smucke Fruunsminsch un en Ridder an se's Haar achter sik her, so licht, as weer dat nix as en Paar Hännschen. As Hannes dat süht, kamen em rein de Tranen vör Mitleed, un denn stiggt he dal vun sin Perd, nimmt sin Unsichtmantel um un nimmt sin snieden Swert mit, un mit en wiede Swunk haut he de Ries beide Beens af ünner de Kneen, un sin Fallen maakt de Böme bevern. Do danken de Ridder un sin smucke Daam Hannes vun Harten un laden em in, he schall mit se na Huus kamen un sik en beten verhalen, un se woe'n em en rieke Lohn geven för sin gude Deenst. Man Hannes seggt, he will sik nich verpuusten, ehrer he de Ries sin Höhl funnen hett. As de Ridder dat hört, ward he heel trurig un seggt, dat is to vel un riskeern nochmal wat. De dare Ries, seggt he, de wahnt in en Höhl ünner de Barg dar günt mit en Broder, de is noch willer un gresiger as de hiere. Un wenn he dar hengeiht un kümmt um darbi, dat wurr em un sin Daam dat Hart breken. He schall man leever mit se gahn un nix wieder ünnernehmen. Nee, nee, seggt Hannes, un wenn dar twintig weern, dar schull em keen dör de Lappen gahn. Man wenn he sin Arbeit daan hett, seggt he, denn will he kamen un besöken se.

Hannes is man knapp en halve Miel reden, do kriggt he de Höhl up Sicht, 'nem de Ridder vun snackt hett, un bi de Ingang sitt de Ries up en Holtklotz mit en knubberige ieserne Küül blangen sik un luert ja woll, dat sin Broder mit sin barbaarsche Büüt t'rüggkamen schall. Sin Gluupogen sünd as Füer, dat Gesicht grimmig un grulich un sin Backen as en Paar grote Specksieden, de Stoppeln vun sin Baart sünd as ieserne Roden, un de Locken, de up sin stämmige Schullern dalhängen, sehn ut, as wenn sik dar Slangen un Addern ringeln. Hannes stiggt dal vun sin Perd, nimmt sin Mantel vun Düüsternis um, geiht na de Ries ran un seggt ganz sachten: „Na, büst du dar? Glieks krieg ik di bi de Baart tofaat." De Ries kann em ja nich sehn vun wegen sin Unsichtmantel, un do geiht Hannes ganz neeg an em ran un haut mit sin Swert na sin Kopp, man he haut vörbi un haut em de Näs af. Do ward de Ries ja bölken, as wenn dat dunnert, un haut um sik mit sin ieserne Küül as en Tumpige. Man Hannes löppt achter em un jaagt em sin Swert bet an't Heft in'e Rügg, un do fallt de Ries um un is doot. Denn snitt Hannes em de Kopp af un schickt 'n tosamen mit de vun sin Broder an'e König; dar hüert he en Fohrmann an för.

Denn will Hannes rin in'e Ries sin Höhl un sin Gold un Sülver söken. He geiht dör en Masse Gänge un um en Masse Ecken, un toletzt kümmt he in en grote Saal, de is mit Klinkers plaastert. An't boevere Enne is en grote Ketel bi un kaken, un rechter Hand steiht en grote Disch, dar eten de Riesen för gewöhnlich an. Denn kümmt he an en Finster mit ieserne Trallen, un as he dar dörchkickt, ward he en Barg elennige Lüüd wies, de sünd dar insparrt. As de em sehn, ropen se: „Och, junge Mann, büst du herkamen na uns in düt verdammte Lock?" – „Ja", seggt Hannes, „man seggt mal, warum sünd I hier denn inspunnt?" Do seggt een vun se, se warrn dar holen, bet de Riesen en Festeten hebben woe'n, un denn ward de fettste vun se slachtet. De hebben al faken en Mahltied vun afmurkste Minschen eten. „Wat du nich seggst", seggt Hannes, un foorts maakt he de Dör up un lett se rut, un se freuen sik so as woll verordeelte Verbrekers dat doon, wenn se begnadigt warrn. Denn söcht he de Ries sin Kisten dörch un verdeelt dat Gold un Sülver to lieke Deele mang se.

As de neegste Morrn de Sünn upgeiht, schickt Hannes se all na Huus, stiggt up sin Perd un ritt afste', un hen to Middag is he bi de Ridder sin Huus. Dar ward he mit grote Stahoi[1] vun de Ridder un sin Daam willkamen heeten, un se maken en grote Fest för Hannes, dat duert en paar Daag, un all de Eddellüüd ut de Gegend sünd dar mit bi. Un de Ridder schenkt em en smucke Ring, dar is en Bild up ingraveert vun'e Ries, wo he de Ridder un sin Daam achter sik herslept, un dar steiht ünner:

Du sühst, wi sünd in grote Noot,
de Ries hett uns in sin Gewalt,
man wi kamen frie un sünd nich doot,
denn Hannes, de winnt un rett' uns bald.

Man merrn in se's Vergnögen bringt een de leege Naricht, Dunnerkiel, en Ries mit twee Köppe, hett hört, sin beide Veddern sünd doot, un nu kümmt he ut Noorden un will Hannes een bipulen, he is blots noch en halve Miel weg, un de Landlüüd neihn ut vör em as Kaff vör de Wind. Man Hannes lett sik keen beten bang' maken, he seggt: „Laat em man kamen! Ik heff

---

[1] Stahoi = Aufsehen, Aufwand (dän. ståhej)

dat richtige Warktüüg un pulen em in'e Tähns mit;
un, Damens un Herrn, gah I man in'e Gaarn, denn
koenen I tokieken, wo de Ries Dunnerkiel doot un
tonicht maakt ward."

De dare Ridder sin Huus liggt merrn up en lütte
Holm mit en Graven buten um, dörtig Foot deep un
twintig Foot breet, un dar geiht en Toggbrügg roe-
ver. Do kriggt Hannes wecke Lüüd bi un sagen de
Brügg up beide Ennen meist half dörch, un denn
treckt he sin Unsichtmantel an, nimmt sin snieden
Swert un geiht de Ries in'e Mööt. De Ries kann
Hannes ja nich sehn, man he kann em rüken, un do
ward he ropen:

    „Fidie, fidoo, fidamm,
    ik rüük dat Bloot vun en Mann.
    Um he lebennig is oder doot,
    ik mahl sin Knaken un back mi Broot!"

„Wat du nich seggst", seggt Hannes, „denn büst du ja
würklich en gresige Möller." Do ward de Ries wedder
bölken: „Büst du de Hallunk, de min Veddern doot-
maakt hett? Denn will ik di mit min Tähns torieten,
din Bloot supen un din Knaken to Pulver mahlen!" –
„Eerst musst du mi mal griepen", seggt Hannes,
treckt sin Unsichtmantel ut un sin gaue Schoh an,
un denn löppt he weg vör de Ries. De ja achter em
ran as so'n Borg up Beens, de Grund bevert man so
bi elkeen Schritt. Hannes lett em düchtig danzen,
dat de Damen un Herrn doch wat to kieken hebben.
Toletzt, dat de Saak mal en Enne kriggt, löppt he
flink oever de Toggbrügg, de Ries in vulle Fahrt mit
sin Küül achterher. Man as he merrn up'e Brügg is,
do kann de dat Gewicht vun de Ries nich mehr ho-
len, un he fallt koppoever in't Water un wöltert un
spaddelt dar rum as so'n Wallfisch. Hannes steiht

an't Över un lacht em düchtig wat ut. De Ries schüümt ja vör Raasch, as he Hannes sin Spott un Spee hört, un planscht in'e Graven vun een Stä' na de anner, man he kann un kann dar nich rutkamen un kriegen Hannes faat. Toletzt kriggt Hannes sik en Wagentau un smitt dat oever de Ries sin twee Köppe un treckt em mit en Spann Perde an Land, un denn haut he em de beide Köppe af mit sin snieden Swert un schickt se na de König.

Na en Tied mit Spaaß un Vergnögen seggt Hannes de Ridders un Damens adjüs un maakt sik up'e Weg na nüe Bedriften. He kümmt dör männig Holt, un upletzt kümmt he an de Foot vun en hoge Barg. Dar finnt he avends laat en eensame Huus. He kloppt an'e Dör, un en ganz, ganz ole Mann mit sneewitte Haar maakt em up. Hannes fraagt em, um he en reisen Minsch för de Nacht upnehmen will; he is verbiestert, seggt he. Ja, seggt de Ole, he is vun Harten willkamen in sin armselige Kaat. Do geiht Hannes rin, un se setten sik dal, un de Ole ward sodennig snacken: „Min Soehn", seggt he, „ik weet, du büst de grote Keerl, de de Riesen dootmaakt. Nu kiek, hier baven up'e Barg is en verwünschte Slott, dar huust en Ries, de heet Galliantus. Mit de Hülp vun en ole Hexenmeister hett de en Barg Ridders un Damen in sin Slott lockt, un dar sünd se mit Töverie in allens Moegliche verhext wurrn. Man an dullsten deit mi de Hertog sin Dochter leed, de hebben se ut ehr Vadder sin Gaarn haalt un in en brennen Kutsch mit fürige Drakens vörspannt dör de Luft na dat Slott bröcht un ehr to en witte Hirschkoh maakt. Dar hebben al en Barg Ridders versöcht un breken de Töver un erlösen ehr, man keeneen hett dat klaarkregen, denn an't Slottsdoor stahn twee gresige

Undeerten, de bringen elkeen um'e Eck, de dar in'e Neegde kümmt. Man du, min Soehn, du hest ja en Unsichtmantel un kannst an se vörbi kamen, ahn dat se di wies warrn. Un denn sühst du dar an't Slottsdoor in grote Bookstaven inmeißelt, wodennig de Töver braken warrn kann." As de Ole utsnackt hett, gifft Hannes em de Hand un seggt em to, he will dar de neegste Morrn sin Leven an wagen un erlösen de Daam.

De neegste Morrn steiht Hannes up un treckt sin Unsichtmantel an un sik kloke Hoot un sin gaue Schoh un maakt sik up'e Weg. As he baven up'e Barg ankümmt, süht he foorts de fürige Undeerten, man he is nich bang', he geiht drievens an se vörbi, denn he hett ja sin Unsichtmantel an. As he an se vörbi is, finnt he an't Door en gollne Hoorn an en sülverne Ked, un dar steiht ünner:

„De in düt Hoorn stöten deit,
de Ries sin ganze Macht dalsleit
un brickt de düüstere Töverie,
un allens is denn wedder frie."

Knapp hett Hannes dat les't, do kriggt he sik dat Hoorn dal un blaast dar rin. Do ward dat heele Slott bevern bet deep in'e Grund, un de Ries un de Hexenmeister kriegen gresige Angst un knaueln an se's Fingernägeln un rieten sik in'e Haar, denn se weeten, se's leege Macht is to Enne. Un as de Ries sik dalbüggt un will sin Küül faatnehmen, do haut Hannes em mit een Slag de Kopp af. Un de Hexenmeister stiggt hooch in'e Luft un ward wegdragen vun en Küselwind. Do is de Töver braken, un all de Mannslüüd un Fruunslüüd, de so lang verhext we'n sünd in Vageln un Beester, kriegen wedder se's richtige Gestalt, un dat Slott verswinnt in en Qualmwulk. As dat daan is, ward Galliantus sin Kopp, jüst so as de annern vörher, an'e König sin Hoff schickt, un de neegste Dag kümmt Hannes mit de Ridders un Damens, de he friemaakt hett, achterher. To Lohn för sin Deensten besnackt de König de dare Hertog, he schall de ehrbare Hannes sin Dochter to Fruu geven. Do warrn se denn tohopengeven, un dat heele Königriek fiert de Hochtied un freut sik. Denn gifft de König Hannes en feine Herrenhuus mit en schöne Stück Land darbi, un dar levt he denn mit sin Fruu för de Rest vun se's Leven glücklich un tofreden.

Mieke Wuppdig

Dar is mal en Mann we'n un en Fruu, de hebben en
Barg Kinner hatt, un as se se nich mehr hebben satt
kriegen kunnt, do hebben se de dree jüngsten nah-
men un hebben se utsett in't Holt. Do gahn de dree
Deerns denn un gahn un gahn, man nich een Huus
is dar to sehn. Bi lütten ward dat düüster, un se heb-
ben Hunger. Toletzt warrn se en Licht wies un gahn
dar up to, un dat wiest sik, dat is en Huus. Se klop-
pen an'e Dör, un en Fruunsminsch kümmt rut un
fraagt, wat se woe'n. Se schall se doch man rinlaten
un wat to eten geven, seggen se. Man de Fruu seggt,
dat kann se nich, denn ehr Mann, dat is en Ries, un
wenn de na Huus kümmt, denn so maakt he se doot.
Man se bidden un bedeln, se schall se doch man blots
en beten sik verpuusten laten, denn woe'n se uck
wedder gahn, ehrer he kümmt. Do nimmt se se mit
rin un lett se an't Füer sitten un gifft se Broot un
Melk.

Man se sünd jüst bi un eten, do kloppt dat gewaltig
an'e Dör, un en gresige Stimm seggt:
      „Fidee, fidie, fidoo, fidamm,
      ik rüük dat Bloot vun en Eerdenworm."
Un he fraagt, wokeen de Fruu dar hett. Och, seggt
se, dat sünd man dree stackels Deerns, verfraren un
hungerig, un se woe'n uck wedder gahn. He schall se
jo nich anroegen. He seggt dar nix to, man he neiht
en düchtige Avendbroot weg, un denn seggt he, se
schoe'n man de Nacht darblieven. Nu hett he sülven
dree Deerns, un de schoe'n mit de dree Frömden in
een Bett slapen. De jüngste vun de dree frömde
Deerns heet Mieke Wuppdig, un se is bannig
plietsch. Se ward wies, ehrer se to Bett gahn, leggt
de Ries ehr un ehr Süstern Strohbänner um'e Hals,

un sin eegne Deerns kriegen gollne Keden um. Do passt Mieke up, dat se jo nich inslapen deit; se töövt, bet all de annern fast slapen. Denn krüppt se sachen rut ut't Bett, nimmt sik sülven un ehr Süstern de Strohbänner vun'e Hals un nimmt de Ries sin Deerns de Goldkeden af. Denn leggt se de Riesendöchter de Strohbänner an un sik sülven un ehr Süstern de Goldkeden, un denn leggt se sik wedder dal.

Merrn in'e Nacht steiht de Ries up, kriggt en grote Küül faat un föhlt na de Halsen mit dat Stroh. Dat is ja balkendüüster. He kriggt sin Deerns rut ut't Bett, smitt se up'e Del un haut dar up, bet se doot sünd. Un denn leggt he sik wedder dal un meent, dat hett he fein maakt. Mieke dücht, nu ward dat Tied för ehr un ehr Süstern un kamen weg, un do weckt se de anner beiden un seggt, se schoe'n musenstill we'n, un denn witschen se rut ut't Huus. Se kamen uck all guut rut, un denn lopen se un lopen un lopen un blieven nich stahn, bet dat Morrn ward. Do sehn se vör sik en grote Huus. Dat stellt sik rut, dat is en König sin Huus, un do geiht Mieke dar rin un vertellt de König ehr Geschicht.

He seggt, Mieke is en plietsche Deern, un dat hett se fein maakt. Man wenn se dat noch beter maken will, seggt he, un will wedder hengahn un klau'n de Ries sin Swert, wat dar an't Koppenne vun sin Bett hängen deit, denn so will he ehr öllste Süster sin öllste Soehn to Mann geven. Is guut, seggt Mieke, se will dat versöken. Do geiht se wedder hen un witscht glücklich rin in de Ries sin Huus un krabbelt ünner't Bett. Na, de Ries kümmt na Huus, neiht en düchtige Avendbroot weg un geiht to Bett. Mieke töövt, bet he snorken deit, denn kümmt se rutkrapen, langt oever de Ries weg un kriggt dat Swert dal. Man jüst as se dat oever dat Bett roever haalt, do kloetert dat, un de Ries jumpt hooch, un Mieke löppt ut'e Dör un nimmt dat Swert mit. Un se löppt un se löppt, bet se an de *Brügg vun een Haar* kümmt. Un se kümmt dar uck roever, man he kann dar nich roever, un do seggt he: „Wahr di, Mieke Wuppdig, kumm hier nie mehr wedder!" Un se seggt: „Tweemal noch, du Unflaat, kaam ik na Spanien wedder!" Un do bringt se dat Swert na de König, un ehr Süster ward sin Soehn sin Fruu.

Do seggt de König to Mieke, dat hett se ja fein maakt, man wenn se dat noch beter maken will un klau'n de Ries sin Gelbüdel, de liggt ünner sin Kopp-küssen, denn schall ehr tweete Süster sin tweete Soehn sin Fruu warrn. Is guut, seggt Mieke, se will dat versöken. Do se denn wedder hen na de Ries sin Huus un witscht dar rin un verstickt sik wedder ünner dat Bett. Un se töövt, bet de Ries sin Avend-broot wegsett hett un wedder deep in Slaap snorken deit. Do kümmt se dar rutkrapen un stickt ehr Hand ünner dat Koppküssen un kriggt de Geldbüdel faat. Man jüst as se ut'e Dör will, ward de Ries waak un löppt achter ehr. Un se löppt, un he löppt, bet se kamen an de *Brügg vun een Haar*, un se kümmt dar uck roever, man he kann dar nich roever, un do seggt he: „Wahr di, Mieke Wuppdig, kumm hier nie mehr wedder!" Un se seggt: „Eenmal noch, du Unflaat, kaam ik na Spanien wedder!" Do bringt Mieke de Geldbüdel na de König, un ehr tweete Süster ward de König sin tweete Soehn sin Fruu.

Denn seggt de König to Mieke, se is en plietsche Deern, man wenn se dat noch beter maken will un klau'n de Ries sin Ring, de he an'e Finger hett, denn so schall se sin jüngste Soehn hebben. Is guut, seggt

Mieke, se will dat versöken. Un do geiht se wedder na de Ries sin Huus un verstickt sik ünner't Bett. Dat duert nich lang', do kümmt de Ries na Huus, neiht en düchtige Avendbroot weg, geiht to Bett, un bald darna snorkt he luud. Mieke kümmt rutkrapen, langt oever dat Bett un kriggt de Ries sin Hand faat, un se treckt un treckt, bet se de Ring vun'e Finger hett. Man jüst as se 'n af hett, do ward de Ries waak un kriggt ehr bi de Hand tofaten un seggt: „So, Mieke Wuppdig, nu heff ik di. Nu segg mi mal, wenn ik di so oevel mitspelt harr as du mi, wat wu'st du mit mi maken?"

Mieke seggt: „Ik wull di in en Sack steken, un de Katt mit di un de Hund darbi, un Nadel un Tweern un en Scheer, un denn wull ik di an'e Wand hängen un to Holts gahn un mi de dickste Knüppel utsöken, de ik finnen kunn, un denn wull ik na Huus kamen un di dal nehmen un so lang' up di indöschen, bet du doot weerst." „Is guut, Mieke", seggt de Ries, „jüst dat will ik mit di maken."

Do kriggt he sik en Sack her un stickt Mieke dar rin, un de Katt un de Hund blangen ehr, un Nadel un Tweern un en Scheer, un hängt ehr an'e Wand un geiht to Holts för un halen en Knüppel. Do ward Mieke singen: „O, wenn du sehn kunnst, wat ik seh." O, seggt de Ries sin Fruu, wat se denn sehn deit. Man Mieke seggt nix, blots: „O, wenn du sehn kunnst, wat ik seh." Do seggt de Ries sin Oolsch, Mieke schall ehr doch in de Sack rinnehmen, dat se sehn kann, wat Mieke sehn deit. Do nimmt Mieke de Scheer un klippt en Lock in'e Sack; se nimmt de Nadel un Tweern mit rut un jumpt dal. Denn helpt se de Ries sin Fruu rup in'e Sack un neiht dat Lock wedder to.

67

De Ries sin Oolsch süht ja nix, un do seggt se, se will geern wedder dal, man Mieke hört dar nich na, se verstickt sik achter de Dör. De Ries kümmt na Huus mit en grote Boom in'e Hand. He nimmt de Sack dal un geiht bi un döscht dar up los. Sin Oolsch ward ja bölken, dat se dat is, man de Hund bellt un de Katt miaut, un do kennt he sin Fruu ehr Stimm nich. Man Mieke kümmt achter de Dör rut, un de Ries ward ehr wies un löppt achter ehr ran. Un he löppt, un se löppt, bet se kamen an de *Brügg vun een Haar*, un do kümmt se dar uck roever, man he kann dar nich roever. Un he seggt: „Wahr di, Mieke Wuppdig, kumm hier nie mehr wedder!" – „Nümmermehr, du Unflaat", seggt se, „kaam ik na Spanien wedder!"

Do bringt Mieke de Ring na de König, un do ward se sin jüngste Soehn sin Fruu, un de Ries hett se nie nich wedder sehn.

De fule Hans

Dar is mal en Jung we'n, Hans hett he heeten, de hett mit sin Mudder in en ringe Kaat levt. Se sünd bannig arm we'n, un de Oolsch verdeent ehr Broot mit Spinnen, man Hans is so fuul, wenn 't warm is, liggt he ümmer blots in'e Sünn, un in'e Winter sitt he in'e Eck bi de Heerd. Sin Mudder kann em dar nich to kriegen un doon wat för ehr, un toletzt blifft ehr nix anners na, se mutt em seggen, wenn he nich bigeiht un deit wat för sin Grütt, denn smitt se em rut un he mutt sehn, wonem he afblifft.

Dat bormt denn, un he geiht los un vermeedt sik bi en Buer in'e Neegde för een Gröschen de Dag. Man as he wedder na Huus geiht – he hett ja noch nie nich Geld hatt – do verleert he sin Gröschen, as he oever en Au geiht. „Du Doeskopp", seggt sin Mudder, du harrst 'n in'e Tasch steken schullt!" Ja, seggt Hans, dat neegste Mal will he dat doon.

De neegste Dag geiht Hans wedder los un vermeedt sik bi en Melkbuer, de gifft em en Putt Melk för sin Dagsarbeit. Hans nimmt de Putt un deit 'n in'e grote Tasch vun sin Jack, un do hett he denn ja allens ut-swulert, ehrer he to Huus is. „Mein Zeit!" seggt de Oolsch, „du harrst 'n up'e Kopp dregen schullt." Ja, seggt Hans, dat neegste Mal will he dat doon.

De neegste Dag geiht Hans bi en Buer in Deenst, de maakt mit em af, he kriggt en Koemkees för sin Arbeit. To Avend nimmt Hans de Kees un geiht na Huus un hett de Kees up'e Kopp. As he na Huus kümmt, is de Kees heel un deel in'e Grütt, wat hett he verlaren, un wat is in sin Haar smeert. „Du doe-sige Bengel", seggt sin Mudder, „du harrst 'n ganz

vörsichtig in'e Hand drägen schullt!" Ja, seggt Hans,
dat neegste Mal will he dat doon.

De neegste Dag geiht Hans wedder loos un verhüert
sik an en Bäcker, de will em för sin Arbeit nix geven
as en grote Kater. Hans nimmt de Kater un driggt 'n
ganz vörsichtig in'e Hand, man dat duert nich lang',
do hett Muschi em sodennig kleit, he mutt 'n losla-
ten. As he to Huus ankümmt, seggt sin Mudder to
em: „Du verdreihte Torfkopp, du harrst 'n an en
Band binnen schullt un achter di her trecken." Ja,
seggt Hans, dat neegste Mal will he dat doon.

De anner Dag geiht Hans bi en Slachter in Deenst,
de lohnt em sin Arbeit mit en feine Lammküül. Hans
nimmt de Küül, binnt 'n an en Band un treckt 'n
achter sik her dör de Schiet, un as he to Huus an-
kümmt, do is dat Fleesch heel un deel toschannen.
Dütmal langt sin Mudder dat aver, denn de neegste
Dag is Sünndag, un se hett nu nix to Middag as
Kohl. „Du tumpige Bengel", schimpt se, „du harrst
dat up'e Schuller drägen musst!" Ja, seggt Hans, dat
neegste Mal will he dat doon.

Maandag geiht Hans wedder los un vermeedt sik an
en Buer mit Veeh, un de gifft em en Esel för sin
Möögde. Hans hett ja düchtig Knoev, aver liekers, he
hett doch sin Mars mit un kriegen de Esel up'e
Schuller, man toletzt kriggt he dat doch klaar un
maakt sik langsam up'e Weg na Huus mit sin Büüt.
Nu wahnt dar up sin Weg en rieke Mann mit een
eenzige Dochter, en smucke Deern, man leider Gotts
doof un stumm. Se hett in ehr ganze Leven noch nich
lacht, un de Dokters seggen, se kümmt sik nie nich,
wenn ehr nich een to'n Lachen bringt. Tofällig kickt
de dare Deern ut't Finster, as Hans dar vörbikümmt

mit de Esel up'e Nack mit'e Beens in'e Luft, un dat
süht so drullig ut, dat se en gewaltige Lachanfall
kriggt, un do kann se upmal wedder snacken un
hören. Ehr Vadder kann sik gar nich wedder inkrie-
gen vör Freud, un he maakt dat wahr, wat he vörher
verspraken hett, he verheiraad't ehr mit Hans, un do
ward de en rieke Herr. Se leven in en grote Huus, un
se halen Hans sin Mudder, un de hett froh un glück-
lich bi se wahnt, bet se dootbleven is.

De Gruliche Worm up'e Braambarg

Dar is mal en König we'n, de hett en smucke Fruu hatt un twee Kinner, en Soehn, de heet Prinz Wiemer, un en Dochter, de heet Margreet. Prinz Wiemer is afste' trocken för un söken sin Glück, un he is noch nich lang' weg, do blifft sin Mudder doot. De König betruert ehr lange, lange Tied, man as he denn een Dag up'e Jagd is, do bemött he en bannig smucke Fruunsminsch, un he verkickt sik sodennig in ehr, he will ehr heiraden. Do schickt he Bescheed na Huus, he bringt en nüe Königin mit. Prinzessin Margreet is dar gar nich fröhlich to un hören, en anner een schall ehr Mudder ehr Stä' innehmen, man se klaagt nich, se deit, wat ehr Vadder vun ehr verlangen is, un an'e fastsette Dag geiht se dal na't Slottsdoor mit de Sloeteln, dat se ehr Steefmudder de oevergeven kann.

Nich lang', do kümmt de Tog an, un de nüe Königin geiht up Prinzessin Margreet to, un de böögt sik deep dal un langt ehr de Sloeteln to dat Slott hen. Se steiht dar, kriggt en rode Kopp un kickt dal up'e Eerde, un seggt: „Willkamen, leeve Vadder, to Huus in din Slott, un willkamen, min nüe Mudder; allens, wat hier is, hört Ju to", un langt ehr wedder de Sloeteln hen. Do röppt een vun de Ridders, de mit de Königin kamen sünd, de röppt heel verbaast, de dare Prinzessin is wiss de allersmuckste vun ehr Aart. As se dat hört, schütt de Königin dat Bloot to Kopps, un se röppt, wenn he Maneeren harr, denn so harr he tominnst ehr utnahmen, un denn seggt se bi sik sülven: „Dar will ik bald en ‚P' vörsetten vör de dare Schönheit."

Nu is de dare Königin en leege Hex we'n, un noch an'e sülve Avend geiht se dal in'e Keller in en aflegene Kamer, 'nem se ehr Hexerie bedrieven deit. Un mit dree mal dree Töversproek un negen mal negen Hexenknep kriggt se Prinzessin Margreet in ehr Macht. Un düt is ehr Hexensproek:

> „En Gruliche Worm scha'st du we'n,
> un keen Erlösen schall 't geven för di,
> bet Prinz Wiemer, de König sin Soehn,
> kümmt un gifft dree Sötens di;
> bet de Welt to Grunn gahn deit,
> schall 't keen Erlösen geven för di."

Un sodennig geiht Prinzessin Margreet to Bett as smucke Deern un steiht up as en Gruliche Worm. Un as ehr Kamerdeerns morrns kamen un woe'n ehr antrecken, do ringelt sik dar up't Bett en gresige Draak, un denn ringelt 'n sik af un kümmt up se to. Man se warrn ja krieschen un lopen weg, un de Gruliche Worm krabbelt un krüppt un krüppt un krabbelt, bet 'n na de Braambarg kümmt, un dar ringelt 'n sik rum un liggt dar in'e Sünn mit sin gresige Snuut in'e Luft.

Lang' duert dat nich, do marken de Lüüd rundum in't Land de Gruliche Worm up'e Braambarg. De Hunger drifft dat Undeert ut sin Höhl, un dat sluckt allens oever, wat et verdwass kümmt. Do gahn se toletzt na en grote Hexenmeister un fragen em, wat se maken schoe'n. He kickt in sin Böker un befraagt sin Huusgeister, un denn vertellt he se, de Gruliche Worm is in Wahrheit de Prinzessin Margreet, un dat is de Hunger, de ehr darto drieven deit un doon sowat. Se schoe'n soeven Köh afsetten för ehr, un elkeen Dag, wenn de Sünn dalgeiht, schoe'n se elkeen

Drüpp Melk, de de dare Köh geven, henbringen na de Steentrogg nedden an'e Braambarg, un denn hett dat Land Ruh vör de Gruliche Worm. Man wenn se woe'n, dat se erlöst ward un ehr natürliche Utsehn wedderkriggt, un dat de, de ehr verhext hett, ehr gerechte Straaf kriggt, denn so schoe'n se oever de See schicken na ehr Broder, Prinz Wiemer.

Do ward dat allens so maakt, as de Hexenmeister se dat raden hett; de Gruliche Worm levt vun'e Melk vun de soeven Köh, un dat Land hett Ruh. Man as Prinz Wiemer dat to weeten kriggt, do swört he en hillige Eed, he will sin Süster erlösen un se's tücksche Steefmudder dat wedderbetahlen. Un dreeundörtig vun sin Lüüd swören de Eed mit em. Denn gahn se bi un buu'n en Langschipp, un de Kiel maken se vun en Vagelberboom, de helpt ja gegen Hexenkraam. Un as allens klaar is, leggen se sik in'e Reems un pullen liek na de Borg vun Prinz Wiemer sin Vadder.

Man as se nich mehr wied af sünd vun de Borg, do markt de Steefmudder mit ehr Töverkraft, dar is wat in'e Gangen gegen ehr, un do röppt se ehr Huusdüvels un seggt, Prinz Wiemer kümmt oever de See, man he dörv jo nich an Land kamen. Se schoe'n Storm maken oder Löcker in'e Boot bohren, man up keen Fall dörv he sin Foot an Land setten. Do gahn de Düvels Prinz Wiemer sin Schipp in'e Mööt, man as se dar rankamen, warrn se wies, se hebben keen Macht oever dat Schipp, denn de Kiel is ja vun'e Vagelberboom maakt. Do kamen se t'rüch na de Hexenkönigin, un de weet nu nich, wat se maken schall. Se gifft ehr Kriegslüüd Order, se schoe'n gegen Prinz Wiemer vörgahn, wenn he in se's Neegde lannen deit, un mit ehr Hexenmacht bringt se de Gruliche Worm darto un luern bi de Haveninfahrt.

As dat Schipp rankümmt, do ringelt de Worm sik af, dükert in't Water, kriggt Prinz Wiemer sin Schipp faat un haut dat weg vun'e Küst. Dreemal seggt Prinz Wiemer to sin Lüüd, se schoe'n driest un stark up los rojen, man elkeen Mal hollt de Gruliche Worm dat Schipp vun't Land af. Do seggt Prinz Wiemer, se schoe'n bidrein, un de Hexenkönigin meent, nu hett he dat upgeven. Man Schiet uck, he fahrt blots um de neegste Eck un lannt in de Münn vun en Bek, un denn, mit Swert trocken un Bagen spannt, he mit sin Lüüd nix as hen un hau'n sik mit de gresige Draak, de em nich hett lannen laten wullt.

Man so draa Prinz Wiemer an Land kamen is, hett de Hexenkönigin keen Macht mehr oever de Gruliche Worm, un do geiht se ganz alleen na ehr Kamer, keen Düvel un keen Kriegsmann de ehr helpen kann, se weet, ehr Stunn is dar. As Prinz Wiemer do up'e Gruliche Worm losstörmt, do maakt de keen Versöök un holen em up oder doon em wat, man jüst as he sin Swert hoochbören will un hau'n dat Beest doot, do kümmt sin Süster Margreet ehr Stimm ut dat Muul vun dat Deert un seggt:

> „Stek in din Sweert, din Bagen legg weg
> un giff dree Sötens mi;
> denn bün ik uck en giftige Worm,
> nix Leeges do ik di."

Prinz Wiemer lett sin Hand sacken, man he weet nich recht, wat he darvun holen schall, um dar nich is Hexenkraam bi. Do seggt de Gruliche Worm wedder:

„Stek in din Sweert, din Bagen legg weg
un giff dree Sötens mi;
bün ik nich erlöst ehr de Sünn geiht dal,
so warr ik nümmer frie."

Do geiht Prinz Wiemer hen na de Gruliche Worm un
gifft 'n en Söten; man nix deit sik. Do gifft Prinz Wie-
mer 'n noch en Söten – ümmer noch nix. En drütte
Söten gifft he dat gresige Ding, un mit Zischen un
Bölken lett de Gruliche Worm sik t'rüchfallen, un vör
Prinz Wiemer steiht sin Süster Margreet. He sleit
sin Mantel um ehr un geiht mit ehr rup na't Slott. As
he bi de Borg ankümmt, geiht he foorts hen na de
Hexenkönigin ehr Kamer, un as he dar is, tickt he
ehr an mit en Vagelbertwieg. Knapp hett he ehr an-
tickt, do schrumpelt se un schrumpelt tosamen, un
toletzt is se en gewaltig grote, grimmige Peit[1] mit
Gluupschogen un en ganz gresige Zischen. Un se
quarkt un zischt, un denn hoppt se de Slottstrepp
dal, un Prinz Wiemer sett sik up sin Vadder sin
Platz as König, un do leven se all glücklich un tofre-
den.

Man vundaag noch kann een af un to en gresige Peit
in'e Neegde vun de Borg rumspökeln sehn, un de
dare Gruliche Peit, dat is de leege Hexenkönigin.

---

[1] Peit = Kröte (dän. padde)

De Fisch un de Ring

Dar is mal en rieke Baron we'n, en grote Hexen-
meister, de hett in'e Tokunft kieken kunnt un allens
wusst, wat noch mal passeern schall. Mal, as sin
Soehn veer Jahr oold is, do kickt he in dat Schick-
saalsbook, he will sehn, wodennig de Jung dat gahn
schall. Un do kriggt he en Schreck, denn he les't, sin
Soehn schall mal en eenfache Deern to Fruu kriegen,
de is jüst baren in en Huus in'e Stadt blangen de
Kirch. Nu weet de Baron, de Vadder vun de dare
lütte Deern is bannig arm, un fiev Gören hett he al.
Do lett he sin Perd sadeln un ritt to Stadt, un as he
bi de Mann sin Huus lang kümmt, süht he em vör de
Dör sitten, trurig un vull Sorgen. Do stiggt he af un
geiht hen na em un fraagt, wat dar los is. Och, seggt
he, dat is so: Fiev Gören hett he al, un nu is dar noch
en sösste een tokamen, en lütte Deern, un wodennig
he se all schall satt kriegen, dat geiht oever sin Ver-
stand.

He schall man nich de Kopp hängen laten, seggt de
Baron, wenn dat sin eenzige Sorg is, dar kann he em
helpen. He will de letzte Lütte mitnehmen, denn
mutt he sik doch um ehr keen Sorgen mehr maken.
De Mann bedankt sik un geiht in't Huus, haalt de
Deern rut un gifft ehr an de Baron. De stiggt up sin
Perd un ritt afste'mit ehr. Un as he an en grote
Water kümmt, smitt he de Lütte dar rin un denn nix
as afste' na sin Slott.

Man de lütte Deern geiht nich ünner. Ehr Tüüg hollt
ehr oever Water, un se drifft up't Water, bet se an-
swemmt ward liek vör en Fischer sin Kaat. Dar finnt
de Fischer ehr, un de Lütte deit em leed, un he

nimmt ehr up in sin Kaat, un dar levt se, bet se föf-
tein Jahr oold un en feine, smucke Deern is.

Mal is de Baron an't Water up'e Jagd mit en paar an-
ner Eddellüüd, un do maken se Föftein an de Fi-
scherkaat, dat se wat to drinken kriegen, un do
kümmt de Deern rut un gifft se wat. Se sehn ja all
tohopen, wo smuck as se is, un do seggt een vun se to
de Baron, he kann doch in'e Tokunft kieken, wat he
meent, wokeen se mal heiraden ward. Och, seggt de
Baron, dat is ja licht un raden, jichens so'n Dörps-
lümmel. Man he will mal ehr Horoskop stellen. Wat
för'n Dag se denn baren is, fraagt he de Deern. Dat
kann se gar nich mal seggen, seggt de Deern, vör um
un bi föftein Jahr is se jüst dar upsammelt wurrn, do
hett dat Water ehr dar anspöölt.

Do weet de Baron ja, wokeen se is, un as he mit sin
Lüüd wegrieden deit, do kümmt he nochmal t'rügg
un seggt to de Deern, he will för ehr Glück sorgen. Se
schall düsse Breev – de gifft he ehr – de schall se na
sin Broder in en anner Stadt bringen, denn hett se
för ehr Leven utsorgt. Un de Deern nimmt de Breev
un seggt, se will 'n henbringen. Man in de dare
Breev steiht in:
    „Leeve Broder,
    nimm de Oeverbringer un maak ehr foorts doot.
    Hartliche Gröten,
    Hermann."

Bald darna maakt de Deern sik denn up'e Weg. To
Avend kümmt se na en lütte Kroog un will dar Nacht
blieven. Man bi Nacht kamen dar wecke Rövers un
breken dar in. Se söken uck de Deern ehr Kraam
dör, man se hett keen Geld, blots de dare Breev. Do
maken se 'n up un lesen, wat dar in steiht, un do

dücht se, dat is en Sünn un Schann. De Röverhaupt-
mann kriggt sik denn Fedder un Papier her un
schrifft en nüe Breev:

„Leeve Broder,
nimm de Oeverbringer un verheiraad ehr foorts
mit min Soehn.
Hartliche Gröten,
Hermann."

Un denn gifft he 'n de Deern un seggt, se schall sik
afglieden. Do geiht se na de Baron sin Broder, dat is
en feine Eddelmann, un bi em is uck jüst de Baron
sin Soehn. As se de Broder de Breev geven hett, lett
de foorts tostellen to de Hochtied, un se warrn noch
desülve Dag truut.

Dat duert nich lang', do kümmt de Baron sülven na
sin Broder, un he is düchtig verbaast, as he süht,
jüst dat, wat he nich hett hebben wullt un 'nem he so
dull gegenan arbeid't hett, jüst dat is nu doch pas-
seert. Man so licht gifft he nich up. He geiht en beten
spazeern mit de Deern — seggt he — up't hoge Över.
Un as he dar mit ehr alleen is, kriggt he ehr bi de
Arms faat un will ehr dalsmieten. Man do ward se
um ehr Leven bedeln. Se hett doch nix daan, seggt
se, un wenn he ehr man blots an't Leven laten will,
denn so will se doon, wat he verlangt, un se will uck
em un sin Soehn nie nich wedder vör Ogen kamen,
wenn he dat nich sülven hebben will. Do treckt de
Baron sin gollne Ring vun'e Finger un smitt 'n wied
rin in'e See un seggt, se schall em nie nich wedder
ünner de Ogen kamen, bet se em de dare Ring vör-
wiesen kann, un denn lett he ehr gahn. Do maakt se
sik up'e Padd, un se geiht un geiht, un toletzt kümmt
se na en rieke Eddelmann sin Slott un fraagt dar um

Arbeit. Do nehmen se ehr an as Upwaschdeern, so'n Arbeit hett se ja uck al in de Fischerkaat daan.

Man een Dag, wokeen süht se dar ankamen bi de Eddelmann sin Huus? De Baron, sin Broder un sin Soehn – ehr Mann. Wat nu? Och, denkt se, in'e Slottskoek kriegen se ehr ja nich to sehn. Un do süüfzt se mal deep up un geiht wedder an ehr Arbeit. Se schall en gewaltig grote Fisch reinmaken, de schall dat to Middag geven. Un as se 'n utnehmen deit, do süht se dar wat in blinkern, un wat finnt se dar? De Baron sin Ring, jüst de, de he vun't hoge Över in't Water smeten hett. Do freut se sik bannig, dat lett sik ja woll denken. Se kaakt de Fisch, so lecker as se man kann, un maakt 'n torecht för't Middageten.

Na, de Fisch kümmt up'e Disch, un de smeckt se all ganz wunnerbar. Wokeen de denn kaakt hett, fragen se de Eddelmann. Dat weet he nich, seggt he, man he röppt sin Upwahrers, se schoe'n mal de Kock rinschicken, de de dare feine Fisch t'rechtmaakt hett. Do gahn se dal in'e Koek un seggen de Deern Bescheed, se schall in'e Saal kamen.

As de Gäst so'n junge un smucke Koeksch sehn, sünd se all verbaast. Man de Baron kümmt bannig in Raasch un springt up, as wull he de Deern to Kleed. Do geiht de Deern hen na em un hollt de Hand vör sik mit de Ring dar an, un se leggt 'n vör em dal up'e Disch. Do markt de Baron, gegen dat Schicksaal kann keeneen an, un do lett he ehr sik dalsetten un seggt to all de annern, dat is sin Soehn sin leeve Fruu. Un he nimmt ehr un sin Soehn mit na Huus na sin Slott, un do hebben se all glücklich tohopen levt, bet se upletzt dootbleven sünd.

De Esel, de Disch un de Knüppel

Dar is mal en Jung we'n, Hans hett he heeten, de hett dat to Huus nich mehr utholen kunnt, sin Vadder is so leeg we'n to em. Un een Dag, do langt em dat, un he löppt weg un will sin Glück in'e wiede Welt söken. He löppt, un he löppt, bet he nich mehr kann, un do rönnt he liek mit en ole Fruu tohopen, de sammelt Sprock. He is vel to dull ut'e Puust, as dat he sik entschülligen kann, man de Fruu is heel fründlich. Se seggt, ehr dücht, he is en düchtige Bengel, un se will em geern as Knecht annehmen un em uck guut betahlen. He is inverstahn, denn he hett bannige Smacht, un do nimmt se em mit na ehr Huus in't Holt, un he deent ehr dar Jahr un Dag. As dat Jahr rum is, röppt se em un seggt, se hett en gude Lohn för em. Un do gifft se em en Esel ut ehr Stall, un he mutt de Griese blots an'e Ohren trecken, seggt se, denn fangt 'n foorts an un i-aht, un wenn 'n bölkt, fallen 'n Sülvergröschens, Schillings un Dalers ut't Muul.

De Jung freut sik to sin Lohn un ritt afste', un do kümmt he na en Kroog. Dar bestellt he dat beste vun allens, un as de Kröger em nix geven will, wenn he nich vörher betahlt, do geiht de Jung rut in'e Stall, treckt de Esel an'e Ohren un kriggt sin Tasch vull Geld. De Kröger hett sik dat dör en Spreck in'e Dör afluert, un bi Nacht stellt he een vun sin Esels an'e Stä' vun de arme Bengel sin Griese. Un de neegste Morrn markt Hans ja gar nix vun de dare Tuusch un ritt afste' na sin Vadder sin Huus.

Dicht darbi wahnt en arme Wittfruu, de hett een eenzige Dochter. De Deern is de Jung sin faste Fründin un he is ehr Leevste. Man as Hans sin Vadder um Verlööv fraagt, he will de Deern heiraden, do seggt de nee, nich ehrer he nugg Geld hett un nähren ehr. Dat hett he, seggt de Jung, geiht na sin Esel un treckt 'n an'e lange Ohren. He treckt un treckt, upletzt hett he dar een vun in'e Hand. Un de Griese i-aht un i-aht, all wat 'n kann, man Schillings un Dalers lett 'n nich fallen. Do kriggt de Vadder en Heufork faat un jaagt sin Soehn dar ut't Huus mit. Un ik kann di seggen, he löppt! He löppt un löppt, bet he rumms! gegen en Dör löppt. De Dör geiht up, un do steiht he in en Discherwarkstä'. He süht na en düchtige Keerl ut, seggt de Discher; wenn he em Jahr un Dag deenen will, denn so schall he uck gude Lohn hebben.

Do geiht he bi de Discher in Arbeit un deent em Jahr un Dag. Do seggt de Meister, he will em sin Lohn geven. Un he gifft em en Disch un seggt, he mutt blots seggen „Disch, deck di!", un foorts steiht dar allens up to eten un to drinken. Hans nimmt de Disch up'e Nack un geiht afste', bet he na de Kroog kümmt. He schall em wat to eten up'e Disch kriegen, seggt he to de Kröger, un blots dat beste. Deit em leed, seggt de Kröger, man he hett nix in't Huus, bloots Braatkartüffeln un Speegeleier kann he em anbeeden. „Wat?" röppt Hans, „Braatkartüffeln un Speegeleier? Dat kann ik beter kriegen. Los, Disch, deck di!" Foorts is de Disch vull mit Goosbraden, Wust, Lammküül, Kartüffeln un Gröönkraam. De Kröger ward ja kieken, man seggen deit he nix.

Bi Nacht haalt he vun'e Boehn en Disch, de süht jüst so ut as Hans sin, un vertuuscht de beide Dischen. Hans ahnt dar ja nix vun, he kriggt de neegste Morrn dat Schietdings vun Disch up'e Nack un slept dat na Huus. Um he nu dörv sin Deern heiraden, fraagt he sin Vadder. Blots, wenn he ehr uck nähren kann, seggt de Vadder. „Kiek hier", seggt Hans, „hier heff ik en Disch, de deit allens, wat ik will." – „Denn laat mal sehn", seggt de Ole. Do stellt Hans 'n merrn in'e Stuuv un seggt, 'n schall sik decken, man dat helpt nich, de Disch blifft leddig. Do ward sin Vadder dull, he ritt de Warmpann dal vun'e Wand un warmt dar sin Soehn sin Rüch mit, dat de mit lude Bölken ut't Huus rutneiht, un he löppt un löppt, bet he an en breede Au kümmt, un do fallt he dar rin. En Mann sammelt em rut un seggt, he schall em doch helpen un slaan en Brügg oever de Au. Un wodennig, meenst du, will he dat maken? Ganz eenfach, he smitt dar en Boom roever. Do klarrt Hans denn rup in'e Kroon vun'e Boom un smitt sik dar mit all sin Gewicht rin. Un as de Mann denn de Wuddeln vun'e Boom frie maakt hett, do fallt Hans mit'e Kroon vun'e Boom an't anner Över.

De Mann bedankt sik bi Hans för sin Hülp, un dar will he em uck för betahlen. Un do brickt he en Telgen af vun'e Boom, un mit sin Mess snittjert he dar en Stock vun. „Dar", seggt he, „nimm düsse Knüppel, un wenn du denn seggst: ‚Los, Stock, hau em!', denn vertrimmt 'n elkeen, de di argern deit."

Hans freut sik düchtig to de dare Knüppel. He geiht dar foorts na de Kroog mit, un so draa as de Kröger sik wiest, röppt he „Los, Stock, hau em!" Do flüggt em de Knüppel ut'e Hand un ballert de dare Keerl up'e Rüch, kloppt em up'e Kopp, haut sin Arms grön un blau un kettelt em an'e Rippen, bet he mit Anken un Günsen up'e Del fallt, un uck, as he dar liggen deit, vertagelt de Knüppel em wieder, un Hans röppt 'n nich t'rüch, bet he de klaute Esel un de Disch wedder hett. Denn jaagt he up'e Esel na Huus mit'e

Disch up'e Nack un de Knüppel in'e Hand. As he dar ankümmt, do wiest sik dat, sin Vadder is dootbleven. Do bringt he sin Esel in'e Stall un treckt 'n an'e Ohren, bet de Krüff vull is mit Geld.

Bald weet et dat heele Dörp, Hans is wedder dar, un he stinkt man so vör Geld, un foorts sünd all de Deerns in't Dörp achter em her. Do seggt Hans, he will de riekste Deern in't Dörp heiraden; de neegste Dag schoe'n se all vör sin Huus kamen mit se's Geld in'e Schört. De neegste Morrn steiht de Straat vull vun Deerns, all holen se se's Schört vör sik un hebben dar Gold un Sülver in. Hans sin Leevste is dar uck mang, man se hett keen Gold un keen Sülver; all, wat se hett, sünd twee Kopperpennings.

„Gah du bisiet, Deern", seggt Hans heel groff to ehr. „Du hest keen Sülver un keen Gold – gah du weg vun de annern." Se deit dat, un de Tranen lopen ehr de Backen dal un maken ehr Schört vull Demanten. Do röppt Hans: „Los, Stock, hau se!" Un foorts springt de Knüppel hooch, löppt lang de Reeg vun Deerns, haut se all up'e Kopp, un do liggen se dar all ahn Besinnen up't Plaaster. Un Hans sammelt all dat Geld up un smitt dat sin Leevste in'e Schoot. „So, Deern," seggt he, „nu büst du de riekste Deern in't Dörp, un nu warrst du min Fruu!"

De Köppe in'e Soot

Dat is al Hunnerte vun Jahren her, do is dar mal en König we'n, de is klook we'n un stark un hett bannig vel Kraasch hatt. Up de Aart hett he all sin Fienden in anner Länner ünnerkregen un hett för Freden sorgt mang sin Lüüd to Huus. Man as he mit allens t'recht is, do blifft em sin Königin doot un lett em een eenzige Dochter t'rügg, so wat bi föftein Jahr oold. De dare Deern, so as se sik holen deit un so smuck un fründlich, as se is, is dat reine Wunner för all, de ehr kennen. Man Afgunst is de Wuddel vun allens Leege, un sodennig kümmt dat uck hier.

De König hett vun en Fruu hört, de hett uck een Dochter, un se hett en Barg Geld, un darför hett de König noch Lust un heiraden ehr. Se is ja oold un grimmig mit en krumme Näs un en Puckel, man dat kann em dar nich vun afbringen. Ehr Dochter is en gele Sluddermamsell un sitt vull vun Afgunst un Venien; in anner Wöör, se is jüst so'n Stück Schiet as ehr Mudder. Man dat maakt nix, na en paar Wuchen haalt de König mit all sin Eddellüd de Oolsch na sin Slott, un dar warrn se denn tohopengeven.

Se sünd noch nich lang' an'e Hoff, do gahn se bi un setten de König Lüüs in'e Kopp vun wegen sin smucke Dochter un vertellen em allerhand Loegenkraam oever ehr. As de Prinzessin sodennig ehr Vadder sin Leev verlaren hett, do mag se nich mehr an'e Hoff we'n, un een Dag bemött se ehr Vadder in'e Gaarn, un do seggt se to em mit natte Ogen, he schall ehr doch man en lütte beten to leven geven, denn will se afste' trecken un ehr Glück söken. Dar is de König mit inverstahn, un he gifft ehr Steefmudder Bescheed, se schall ehr en beten wat mitgeven, so as se dat för richtig holen deit. Do geiht de Deern hen na ehr Steefmudder, un de gifft ehr en Segeldooktasch mit Swattbroot un harde Kees sammt en Buddel Beer. Na, dat is ja en bannig armselige Utstüer för en Königsdochter! Se nimmt dat, bedankt sik un maakt sik up'e Padd. Se kümmt dör Woold un Wisch un oever Barg un Slunk, bet se upletzt en ole Mann bemött, de sitt up en Steen an'e Ingang vun en Höhl. „Moin, smucke Deern", seggt he, „wonem hen so gau?" – „Moin, ole Vadder", seggt se, „ik will min Glück söken." Wat se dar denn in ehr Büdel un ehr Buddel hett, will he weeten. In ehr Büdel, seggt se, dar hett se Broot un Kees in, un in ehr Buddel, dar is Beer in. Um he dar vellicht wat vun afhebben will, fraagt se. Ja, geern, seggt he. Do kriggt de Deern ehr Proverjant rut un seggt, denn schall he man tolangen. Dat deit he denn uck un bedankt sik velmals. Un denn seggt he, en Stück wieder, dar is en dichte Doorntuun, de süht ut, as wenn een dar nich dör kann. Man he will ehr en lütte Stock mitgeven, de schall se denn in'e Hand nehmen, dar dreemal mit an'e Tuun slaan un seggen: „Tuun, laat mi dör", denn deit 'n sik foorts up. Un denn, noch en Enne wieder, seggt he, denn kümmt se na en Soot. Dar schall se sik up'e Rand setten, un denn kamen dar dree gollne Köppe tohööcht, de snacken mit ehr, un wat de ehr heeten, dat schall se denn doon. Ja, seggt se, dat will se woll doon, un denn maakt se sik wedder up'e Weg. Do kümmt se an'e Tuun, un do maakt se dat so, as de ole Mann ehr dat seggt hett, un de Tuun deelt sik un lett ehr dörch. As se denn an'e Soot kümmt un hett sik man knapp dalsett, do kümmt dar en gollne Kopp tohööcht un singt:

„Wasch mi, kämm mi,
un legg mi sachten dal."

„Ja", seggt se, langt hen un deit ehr Arbeit mit en sülverne Kamm un leggt de Kopp denn dal up en Flach mit Primeln. Denn kümmt dar en tweete Kopp hooch un en drütte, de seggen datsülve as de eerste, un de deent se jüst so, un denn kriggt se ehr Proverjant rut un itt ehr Middagsbroot. Do snacken de Köppe mit'nanner, wat se mal för de dare Deern doon schoe'n, wo se so nett un fründlich to se we'n is. De eerste seggt, he will ehr noch so vel smucker maken, dat de mächtigste Först vun'e Welt sik in ehr verkieken deit. De tweete seggt, he will ehr so'n Duft an't Liev un in ehr Aten geven, vel feiner as de söteste Blöme. Un de drütte seggt, sin Gaav schall nich de ringste we'n, denn se is ja en Königsdochter, un se schall de gröttste, mächtigste Först sin Königin warrn. As se dat afmaakt hebben, seggen se, se schall se man wedder in'e Soot doon, un dat deit se un maakt sik denn wedder up'e Reis.

Se is noch nich lang' ünnerwegens, do ward se en König wies, de is dar up'e Jagd mit sin Eddellüüd. Se will em geern ut'e Weg gahn, man de König hett ehr al up Sicht kregen un kümmt na ehr hen, un so smuck as se is un so fein as ehr Aten rüken deit, he is foorts hen un weg un kann sik gar nich mehr betähmen, he hollt foorts um ehr an, un na en paar Sötens winnt he uck ehr Leev. Un do bringt he ehr na sin Slott un lett ehr dat feinste Tüüg antrecken.

As allens klaar is un de König hett to weeten kregen, se is de Dochter vun de un de König, do lett he wecke Kutschen anspannen, dat se de anner König besöken woe'n, un de Kutsch, 'nem de König un de Königin in fahren, de is oever un oever mit Gold besett. Ehr Vadder is ja heel verbaast, dat sin Dochter so'n Glück hatt hett, un do vertellt de junge König em, wodennig dat allens togahn is. Do gifft dat grote Freud bi all de Lüüd an'e Hoff, bet up de Königin un ehr Dochter mit de Klumpfoot, de woe'n meist bassen vör Arger un Afgunst. Un noch mehr argern se sik dar oever, dat se nu höger steiht as se all tosamen. Dagelang ward fiert mit Eten un Danz un allens. Upletzt fahrn se denn wedder na Huus mit de Utstüer, de ehr Vadder ehr nu mitgeven deit.

De puckelige Steefsüster hett ja sehn, wo fein dat för ehr Süster utlapen is, as se ehr Glück söcht hett, un do will se geern jüst so maken. Se seggt dat to ehr Mudder, un do ward allens t'rechtmaakt för ehr. Se kriggt nich blots feine Tüüg an, nee, se kriggt uck Sukker, Mandeln un en Barg Bontjes mit, un uck en grote Buddel Malaga-Wien. Mit de dare Proverjant geiht se desülve Weg as ehr Süster, un as se bi de Höhl kümmt, seggt de ole Mann: „Moin, junge Deern, wonem hen so gau?" – „Wat geiht di dat an?", seggt se. „Wat hest du denn in din Büdel un din Buddel?", fraagt he. „Feine Saken", seggt se, „'nem du di nich um quälen scha'st." – „Wullt du mi nich en beten afgeven?" – „Nich een Krömel un nich een Drüpp", seggt se, „höchstens wenn du dar an sticken wu'st." Do ward de ole Mann ehr füünsch ankieken, un he seggt: „Di schall dat leeg gahn!"

Na, se geiht ja wieder un kümmt an de dare Tuun, un do süht se dar en Lock in un meent, dar will se dör gahn. Man as se dar rin geiht, deit de Tuun sik to, un de Doorns steken ehr in't Fleesch, un se kann dar knapp wedder rutkamen. Do is se denn ja vull Bloot un söcht na Water, dat se sik en beten waschen kann, un as se sik umkickt, do ward se de Soot wies. Se sett sik dal up'e Rand, do kümmt dar een vun de Köppe tohööcht un seggt:

„Wasch mi, kämm mi,
    un legg mi sachten dal",
jüst so as vördem, man se neiht 'n een mit ehr Buddel un seggt: „Dar hest din Waschen!" Denn kamen
de tweete un de drütte Kopp hooch, un de geiht dat
keen beten beter as de eerste. Do raatslaan de Köppe, wat se ehr Leeges andoon woe'n darför, dat se se
so leeg behannelt hett. De eerste seggt, se schall
Utslag kriegen in't heele Gesicht. De tweete seggt, se
schall gresig ut'e Hals stinken. Un de drütte laavt
ehr en arme Dörpsschooster as Mann.

Se geiht denn wieder un kümmt in en Dörp, dar is
jüst Marktdag, un de Lüüd kieken ehr an un verfehrn sik sodennig vör so'n morsgrimmige Gesicht,
dat se all utneihn, bet up en arme Dörpsschooster.
De hett kort vörher en ole Eremit sin Schoh flickt,
un de hett keen Geld hatt un betahlen em, un do
hett he em en Doos geven mit Salv gegen Utslag un
en Buddel mit Drüppen gegen Stinken ut'e Hals. Nu
will de Schooster geern wat Gudes doon, un do geiht
he hen na ehr un fraagt ehr, wokeen se is.

Se is de un de König sin Steefdochter, seggt se. So,
na, seggt de Schooster. Wenn he ehr nu ehr natürliche Utsehn weddergeven deit, seggt he, un maakt
ehr Gesicht un ehr Aten rein, um se em denn heiraden will. Ja, seggt se, vun Harten geern. Do bruukt
de Schooster sin Salv un sin Drüppen bi ehr, un na
en paar Wuchen is allens oeverstahn. Denn heiraden
se un maken sik up'e Weg na de König sin Hoff. As
de Königin, wat ja ehr Mudder is, to hören kriggt, se
hett man en arme Flickschooster to Mann kregen, do
ward se tumpig, un in'e dulle Kopp hängt se sik up.
De Königin ehr Dood kümmt de König guut topass,
he freut sik, dat he so gau vun ehr afkamen is, un he

gifft de Schooster hunnert Gulden, dat de afhaut vun'e Hoff mit sin Fruu un sik mit ehr in en Eck vun't Königriek afglieden deit, de wied weg is. Dar hebben se denn vele Jahren levt, he hett Schoh flickt, un se hett Gaarn spunnen.

De swatte Bull

Dar is mal en Fruu we'n vör lange, lange Tieden, de hett dree Deerns hatt. Mal seggt de öllste to ehr Mudder, se schall ehr en Stuten backen un en Kabbenaa' braden, se will afste' un ehr Glück söken. De Mudder deit dat; un do geiht de Dochter hen na en ole Waschwief, dat is en Hex, un vertellt ehr, wat se vörhett. De Oolsch seggt, se schall man dar blieven un ut'e Achterdör kieken un sehn, wat se wies warrn kann. De eerste Dag süht se gar nix. De tweete Dag geiht jüst so rum, un se süht wedder nix. De drütte Dag kickt se wedder, un do süht se en Kutsch mit söss Perde vör, de kümmt dar de Straat lang. Se löppt ja rin un vertellt de Oolsch, wat se sehn hett. Na, seggt de Fruu, de kümmt um ehr. Un do nehmen se ehr rin in de Kutsch, un afste' geiht dat in Galopp.

Denn seggt de tweete Dochter uck to ehr Mudder, se schall ehr en Stuten backen un en Kabbenaa' braden, se will afste' un söken ehr Glück. Ehr Mudder deit dat, un do geiht se hen na de Oolsch, jüst so as ehr Süster. Un de drütte Dag, as se ut'e Achterdör kickt, do süht se en Kutsch mit veer Perde vör, de kümmt dar de Straat lang. Na, seggt de Oolsch, de kümmt um ehr. Un do nehmen se ehr rin in de Kutsch, un afste' geiht dat.

De drütte Dochter seggt uck to ehr Mudder, se schall ehr en Stuten backen un en Kabbenaa' braden, se will afste' un söken ehr Glück. Ehr Mudder deit dat, un se denn ja hen na de ole Hex. De seggt, se schall ut'e Achterdör kieken un afluern, wat se to sehn kriggt. Se deit dat, un as se wedder rinkümmt, seggt se, se hett gar nix sehn. De tweete Dag maakt se dat jüst so un süht wedder nix. De drütte Dag kickt se wedder, un as se wedder rinkümmt, seggt se to de Oolsch, se hett nix sehn as en grote swatte Bull, de kümmt dar de Straat langsbölken. Ja, seggt de ole Hex, de kümmt um ehr. As se dat hört, ward se meist tumpig vör Gramm un vör Angst; man se ward hoochböhrt un up sin Rügg sett, un afste' geiht dat.

Un do reisen se un reisen, bet de Deern flau ward vör Smacht. Do seggt de swatte Bull, se schall ut sin rechte Ohr eten un ut sin linke Ohr drinken, un wat se oever lett, dat schall se wedder t'rüggsetten. Dat deit se, un do föhlt se sik wedder fein toweg'. Un se rieden lang', un se rieden vör dull, bet se en ganz grote un feine Slott up Sicht kriegen. Dar moeten se Nacht blieven, seggt de Bull, dar wahnt sin öllere Broder; un foorts sünd se uck al dar. Do böhren se ehr dal vun'e Bull sin Rügg un halen ehr rin, un em schicken se för de Nacht up Gras in'e Park.

As se de neegste Morrn de Bull na Huus halen, bringen se de Deern na en feine, blanke Stuuv un geven ehr en smucke Appel, un se seggen, de schall se nich tweimaken, ehrer se is in de gröttste Noot, un denn helpt de Appel ehr dar rut. Denn setten se ehr wedder up'e Bull sin Rügg, un as se wied, wied reden is, vel wieder as ik seggen kann, do kriegen se en noch vel smuckere Slott up Sicht, noch wieder weg as dat letzte. Do seggt de Bull, dar moeten se Nacht blieven, dar wahnt sin tweete Broder; un foorts sünd se dar. Do böhren se ehr dal un nehmen ehr mit rin, un de Bull schicken se up Gras för de Nacht.

De neegste Morrn bringen se de Deern na en feine, riek utstaffeerte Stuuv un geven ehr de smuckste Ber, de se jichens sehn hett; de schall se nich tweimaken, seggen se, ehrer se is in de gröttste Noot, un denn helpt de Ber ehr dar rut. Denn ward se wedder up'e Bull sin Rügg sett, un dat denn afste'. Un se rieden lang', un se rieden hart, bet se dat allergrötts- te Slott up Sicht kriegen, wat se bet darhen sehn hebben, un an wiedsten weg. Dar moeten se Nacht blieven, seggt de Bull, dar wahnt sin jüngste Broder; un foorts sünd se dar. Do böhren se ehr dal un neh- men ehr mit rin un schicken de Bull up Gras för de Nacht.

De neegste Morrn bringen se ehr na en Stuuv, de feinste vun all, un geven ehr en Plumm un seggen, de schall se nich tweimaken, ehrer se is in de grötts- te Noot, un denn helpt de Plumm ehr dar rut. Un denn halen se de Bull na Huus, setten de Deern up sin Rügg, un se glieden sik af.

Un se rieden un rieden ümmer wieder, bet se in en düüstere un gresige Slunk kamen; dar holen se an, un de Deern stiggt af. Do seggt de Bull to ehr, dar mutt se blieven, wieldes he geiht un sik mit ool Urian hau'n deit. Dar liggt en grote Steen, dar mutt se sik up dalsetten, seggt he, un nich Hand un nich Foot roegen, bet he wedderkümmt, anners finnt he ehr nie nich wedder. Un wenn allens um ehr rum blau ward, denn so hett he ool Urian slaan; man wenn allens root ward, denn so hett ool Urian em ünnerkregen. Do sett se sik dal up'e dare Steen, un bi lütten ward allens um ehr rum blau. Do freut se sik sodennig, se böört ehr eene Foot hooch un sleit 'n oever de anner, sodennig freut se sik, dat ehr Kam'- raad wunnen hett. Man as de Bull denn wedder- kümmt un ehr söcht, do kann he ehr nich finnen.

Lang' sitt se dar un blarrt, bet se nich mehr kann. Toletzt steiht se up un maakt sik up'e Padd, eendoont wonem hen. Se geiht un geiht, bet se an en grote Glasbarg kümmt; se versöcht un klarrn dar rup, man se kriggt dat nich klaar. Do geiht se nedden um'e Barg rum un snuckert un söcht en Weg dar oever hen, un do kümmt se toletzt na en Smä. Un de Smidt seggt ehr to, wenn se em soeven Jahr deenen will, denn so will he ehr wecke ieserne Schoh maken, 'nem se mit oever de Glasbarg klarrn kann.

As de soeven Jahr rum sünd, kriggt se ehr ieserne Schoh, klarrt oever de Glasbarg un kümmt denn na en ole Waschwief ehr Huus. Dar vertellen se ehr vun en junge Ridder, de hett Tüüg afgeven to waschen, dat is vull vun Bloot, un de dat reinwaschen deit, de schall sin Fruu warrn. De Oolsch hett wuschen, bet se möö' wurrn is, un denn hett se ehr Dochter darbi kregen, un beide hebben se wuschen un wuschen un wuschen un hebben dacht, se koenen de junge Ridder kriegen. Man wat se uck anstellt hebben, se hebben nich een Plack dar rut kregen. Toletzt kriegen se de frömde Deern darbi, un as se bigeiht, do gahn de Placken rut, un dat ward ganz rein. Do snackt de Oolsch de Ridder vör, dat is ehr Dochter we'n, de dat Tüüg wuschen hett. Un do schoe'n de Ridder un de öllste Dochter Hochtied geven, un de frömde Deern ward meist tumpig, wenn se dar an denkt, denn se hett em bannig leev.

Do ward se an ehr Appel denken, un as se 'n dörsnitt, do is 'n vull mit Gold un Eddelsteens, so wat Feines is noch nich dar we'n. Dat will se ehr allens schenken, seggt se to de Oolsch ehr Dochter, wenn se ehr Hochtied man een Dag rutschuven will un se to Nacht alleen bi de Brüdigam in'e Kamer we'n dörv. Dar is se mit inverstahn, man wieldes hett de Oolsch en Slaapdrunk t'rechtmaakt un de Ridder geven, un de hett dat Tüügs drunken un ward eerst de neegste Morrn wedder waak. Un de heele Nacht snuckert de Deern un singt:

„Soeven lange Jahren heff ik deent för di,
oever de Glasbarg bün ik klarrt för di,
din blöddige Tüüg heff ik wrungen för di;
wullt du nich waak warrn un di umdreihn na mi?"

De neegste Dag weet se gar nich, wat se maken schall vör Gramm. Do snitt se de Ber dör, un do is dar Gold in un Eddelsteens, noch vel kostbarer as in'e Appel. Mit de dare Juweelen hannelt se um Verlööv un we'n noch en Nacht in'e junge Ridder sin Kamer; man de Oolsch gifft em wedder en Slaapdrunk, un he slöppt wedder bet to de neegste Morrn. De heele Nacht süüfzt se un singt as vördem:

„Soeven lange Jahren heff ik deent för di,
oever de Glasbarg bün ik klarrt för di,
din blöddige Tüüg heff ik wrungen för di;
wullt du nich waak warrn un di umdreihn na mi?"

Man he slöppt, un se hett meist gar keen Haap mehr. Man de Dag, as he buten is up Jagd, do fraagt em een, wat dat för'n Janken un Günsen we'n is, wat se de heele Nacht in sin Kamer hört hebben. He hett nix hört, seggt he. Man se blieven darbi, dar is wat we'n, un do nimmt he sik vör, he will de neegste Nacht waak blieven un mal kieken, wat dar los is. Dat is ja nu de drütte Nacht, un de Deern sitt twüschen Haap un Vertwiefeln; do maakt se de Plumm up, un do is dar Gold in un Eddelsteens, noch vel beter as in'e Ber. Do ward se wedder hanneln as vördem, un so as vördem bringt de Oolsch wedder en Slaapdrunk na de junge Ridder sin Kamer. Man he seggt, dat is nich sööt nugg, so kann he dat nich drinken. Do geiht se un will wat Honnig halen un maken dat sööt mit, un wieldes kippt he dat weg, un do meent de Oolsch, he hett dat doch utdrunken. Do gahn se all to Bett, un de Deern singt wedder as vördem:

„Soeven lange Jahren heff ik deent för di,
oever de Glasbarg bün ik klarrt för di,
din blöddige Tüüg heff ik wrungen för di;
wullt du nich waak warrn un di umdreihn na mi?“

Do hört he dat un dreiht sik um na ehr. Un se vertellt em allens, wat ehr mallöört is, un he vertellt ehr allens, wat em passeert is. Un do lett he de Oolsch un ehr Dochter verbrennen. Un denn geven se Hochtied, un he un se leven glücklich tohopen bet up'e hütige Dag, so wied as ik weet.

Dree Feddern

Dar is mal en Deern we'n, de is mit en Mann verhei-
raad't we'n, de hett se nie nich to seh'n kregen. Dat
is darvun kamen, he is blots bi Nacht to Huus we'n,
un he hett nie nich Licht hebben wullt in't Huus. De
Deern hett dücht, dat is ja gediegen, un all ehr
Frünnen hebben seggt, dar stimmt wat nich mit ehr
Mann, vellicht hett he en gewaltige Puckel oder
sowat, dat he nich sehn warrn will.

Na, een Nacht, as he na Huus kümmt, do fengt se
mitmal en Licht an un kriggt em ja to sehn. Un he is
so smuck, dat all de Fruunslüüd up'e Welt sik in em
verkieken wurrn. Man knapp hett se em to Gesicht
kregen, do fangt he an un ward to en Vagel, un denn
seggt he, nu se em sehn hett, kriggt se em nümmer-
mehr to Gesicht; blots wenn se willens is un deenen
för em soeven Jahr un een Dag, denn kann he wed-
der en Minsch warrn. Denn seggt he, se schall em
dree Feddern ünner de Flünken utrieten, un wat
ümmer se vun de dare Feddern wünschen deit, dat
ward wahr. Un denn lett he ehr annehmen in en
grote Villa as Waschdeern för soeven Jahr un een
Dag.

Un de Deern kriggt denn ümmer de Feddern her un
seggt: „Bi de Kraft vun min dree Feddern, dat Kop-
per schall putzt we'n un dat Tüüg wuschen, mangelt,
tohopenleggt un wegpackt, so as de Fruu dat hebben
will." Un denn mutt se sik dar nich mehr um küm-
mern. De Feddern doon dat Oevrige, un de Fruu
hollt grote Stücken up ehr, en betere Waschdeern
hett se nie nich hatt.

De boeverste Upwahrer, de mag de smucke Wasch-
deern geern lieden un harr ehr geern to Fruu hatt,

97

un de seggt mal to ehr, he harr wiss al lang' mal wat seggen schullt, man he hett ehr nich vergrellt maken wullt. Warum et dat woll schull, seggt se, se is doch uck man een vun de Deensten jüst so as he. Do lett he de Katt denn ut'e Sack un verklaart ehr, he hett dreehunnert Daler, de sünd för em bi se's Herr anschreven, un um se sik denken kunn un hebben em to Mann. Do seggt de Deern, denn schall he ehr dat Geld man halen. Do geiht he hen un fraagt sin Herr dar um un bringt ehr dat. Man as se de Trepp rupgahn, do seggt se mitmal: „O Hannes, ik mutt nochmal wedder dal, ik heff de Finsterluken nich dichtmaakt, un denn klappern un kloetern de de ganze Nacht."

De Upwahrer seggt, dar schall se sik man keen Koppwehdaag um maken, dar will he sik noch um kümmern, un he löppt gau t'rügg. Do kriggt se ehr Feddern her un seggt: „Bi de Kraft vun min dree Feddern, de Finsterluken schoe'n klappern un kloetern bet hen to Morrn, un Hannes schall se nich fastmaken koenen un uck sin Fingern dar nich vun af kriegen." Un sodennig passeert dat uck. Wat de Upwahrer uck upstellen mag, he kann nich loslaten un kann uck de Luken nich tokriegen, ümmerto gahn se wedder up. Un he is vergrellt, man he kann nix upstellen, un he hett achterher uck keen Lust un vertellen dat un warrn bavento noch utlacht, un sodennig kriggt dar keeneen wat vun to weeten.

Wat later ward de Kutscher ehr wies, un se kriggt to weeten, he hett en tweehunnert Daler bi se's Herr to Book stahn, un he seggt, de kann se kriegen, wenn se em nehmen will. As denn de Waschdeern sin Geld in'e Schört hett un se tosamen de Trepp hooch gahn, blifft se mitmal stahn un röppt: „O Minsch, min

Tüüg is noch buten, ik mutt nochmal t'rügg un halen dat rin!" Och, seggt Willem, se schall man en beten up em töven, denn will he gahn. Dat is koolt, seggt he, un dat freert, do kann se sik ja de Dood halen. Do töövt de Deern, kriggt ehr Feddern rut un seggt: „Bi de Kraft vun min dree Feddern, dat Tüüg schall flattern un rumweihn bet hen to Morrn, un Willem schall dar nich sin Fingern vun afkriegen un dat uck nich vun'e Lien kriegen koenen." Un denn geiht se to Bett un slöppt. De Kutscher will ja nich för all Lüüd to Spektakel warrn, un do vertellt he dar nix vun.

Do kümmt na en Tied de Lakai na ehr un seggt, he is al en ganze Reeg vun Jahren bi sin Herr un hett sik en beten wat tohopenspaart, un se is ja uck al dree Jahr dar un mutt doch uck wat spaart hebben. Se koenen doch man se's Kraam tohopensmieten, seggt he, un grünnen en Huusstand oder uck dar in Deenst blieven, ganz as se dat hebben will. Na, se kriggt em uck darto un bringen ehr sin Spaargeld, jüst so as de annern, un denn deit se so, as wenn se flau ward, un seggt: „Jakob, mi is so gediegen, loop doch mal gau dal na de Keller för mi un haal mi en Snaps." Knapp is he weg, do seggt se: „Bi de Kraft vun min dree Feddern, dat schall swulern un spillen, un Jakob schall de Snaps nich inschenken koenen un dar uck de Fingern nich vun af kriegen bet hen to Morrn."

Un sodennig kümmt dat denn uck. Wat Jakob uck upstellen mag, he kriggt dat Glas nich vull, un dat swulert un spillt, un denn kümmt to all Unglück dar uck noch de Herr oever to un will weeten, wat dat allens to bedüden hett. Ja, seggt Jakob, he weet dat uck nich, man he kann de Snaps, de de Waschdeern hett hebben wullt, nich inschenkt kriegen, un sin

Hand bevert un gütt allens vörbi, un loskamen kann he uck nich. Do kriggt he eerstmal en gehörige Reis, un as de Herr wedder na sin Fruu kümmt, seggt he: „Wat is blots mit de Lüüd los? Se weern all ganz vernünftig, bet du de dare Waschdeern annahmen hest. Man dar is jichens wat in'e Gang'. Se hebben sik all se's Geld geven laten, un doch gahn se nich vun'e Stä', wat is dat blots mit se?" Man sin Fruu will dar nix vun hören, dat de Waschdeern de Schuld kriggt, se is de beste Deenstdeern, de se jichens hatt hett, seggt se, un is mehr weert as all de annern tosamen.

Sodennig geiht dat sin Gang, bet een Dag de Deern mal in'e Huusdör steiht, un do seggt de Kutscher to de Lakai: „Weetst du, wat de dare Deern mit mi maakt hett, Jakob?" Un denn vertellt Willem dat Stück mit dat Tüüg. Och, seggt de boeverste Upwahrer, dat is ja nix gegen dat, wat se mit em upstellt hett, un he vertellt vun de Finsterluken, de de heele Nacht klappert un kloetert hebben.

Do kümmt de Herr dar jüst vörbi, un de Deern seggt: „Bi de Kraft vun min dree Feddern, dar schall Striet un Larm mang Herr un Lüüd we'n, un se schoe'n all in'e Diek planschen."

Un do kriegen de Lüüd sik dat Strieden, wokeen de Deern an leegsten mitspelt hett, un as de Herr darto kümmt, woe'n se all toeerst hört warrn un keeneen hört up em, un denn kriegen se sik dat Hau'n, un ehrer se sik dat versehn, hett de eene de anner in'e Diek schubbt. As de Deern denn meent, nu hebben se nugg, nimmt se de Töver t'rügg, un do fraagt de Herr ehr, wo de Striet um gahn hett, denn bi de dare Kuddelmuddel hett he dat nich mitkregen. Och, seggt de Deern, de weern woll oever elkeen herfullen, un wenn de Herr dar nich oever to kamen weer, denn so harrn se wiss ehr en Swaartvull geven.

Do geiht dat för dat Mal vörbi, un mit ehr Feddern is se de beste Waschdeern, de dat jichens geven hett. Man för un maken dat kort, as de soeven Jahr un een Dag rum sünd, kümmt ehr Vagel-Mann – de hett ümmer wusst, was se maken deit – do kümmt de un halen ehr, nu wedder recht as Minsch. Un he seggt to de Fruu, he will de Waschdeern mitnehmen, dat se nich mehr deenen schall, se kriggt nu sülven Deensten ünner sik. Man vun de dree Feddern vertellt he nix.

Un denn seggt he, de Deern schall de Lüüd se's Geld wedder geven. Se hett ja fein ehr Spijöök mit se dreven, seggt he, man nu kümmt se en Stä', 'nem dat nugg geven deit, se schall doch elkeen sin Kraam beholen laten. Dat deit se; un denn fahren se hen na se's Slott un leven dar glücklich un tofreden.

Jan Hockendrift

Dat is woll al en dusend Jahr her, do hett dar in'e
Masch en Mann wahnt, de hett Jan Hockendrift hee-
ten, en arme Daglöhner, man so stark, he hett de
Arbeit vun twee Daag an een Dag doon kunnt. He
hett een Soehn hatt, de hett jüst so heeten as he
sülven, Jan Hockendrift, un he hett em arig wat
lehr'n laten, man de Bengel hett nich jüst to de
Plietschesten hört, nee, he is recht wat doesig we'n,
un do hett he vun all sin Lehr'n nix nich hatt.

Do blifft Jan sin Vadder doot, un sin Mudder, de hett
em recht en beten verwöhnt hatt, un se maakt em
groot so guut, as se kann. Man de fule Bengel deit
nix as achter de Aben sitten, un eten deit he to een
Mahltied so vel, dat wurr för veer oder fiev gewöhn-
liche Keerls langen. Un sodennig wasst he un wasst,
un as he man tein Jahr old is, do is he al acht Foot
hooch, un sin Hänne sünd groot as de Schuller vun
en joehrige Lamm.

Mal geiht sin Mudder na en rieke Buer sin Huus un
fraagt um en Bund Stroh för sik un Jan. Se schall
man so vel nehmen, as se will, seggt de Buer, en
anstännige Keerl un nich knickerig. Un as se do na
Huus kümmt, do seggt se to Jan, he schall dat Stroh
halen, man he will nich, un wat se uck bedeln deit,
he will un will dat nich, denn mutt se em al en Wa-
gentau geven. Dat deit se, un do geiht he denn afste',
un as he bi de Buer ankümmt, do is de mit all sin
Lüüd in'e Schüün bi un döschen. He kümmt un ha-
len dat Stroh, seggt Jan. He schall man so vel neh-
men, as he drägen kann, seggt de Buer. Do leggt Jan
dat Tau dal un geiht bi un maken sin Bund. „Din
Tau is to kort", seggt de Buer un lacht; man denn is

dat Lachen an Jan, denn as he sin Bünnel klaar hett, do sünd dar so'n twintig Zentner Stroh in. Do seggen se all, he is en Doeskopp, wenn he meent, he kann uck man een Teintel darvun drägen, man he smitt sik dat oever de Schuller, as wenn dat nich mehr as een Zentner is, un do wunnern de Buer un sin Lüüd sik ja bannig.

Nu weeten se ja, wo stark Jan is, un blots fuul achter de Aben sitten, dat gifft dat för em nich mehr; all woe'n se em anhüern to arbeiten, un se seggen, dat is en Schann un maken sik so'n fule Leven. Un wo se all so achter Jan ran sünd, do arbeit't he eerst bi de eene un denn bi de anner. Un mal bruukt en Holthauer sin Hülp un bringen en Boom na Huus. Do geiht Jan denn los mit veer Mann, un as se bi de Boom sünd, gahn se bi un woe'n 'n up'e Waag trecken mit en Talje. Man se kriegen 'n nich hooch, un do seggt Jan toletzt: „Gah mal bisiet, I Doesköppe", un denn nimmt he de Boom faat, stellt 'n oeverenne un leggt 'n up'e Waag. „So", seggt he, „dar koenen I mal sehn, wat en Keerl utrichten kann." Ja, dat is wahr, seggen se, un de Holthauer fraagt em, wat he för'n Lohn hebben will. Och, seggt Jan, en Pinn för sin Mudder ehr Füer, un he ward en Boom wies, de is noch grötter as de up'e Waag, un do kriggt he de up'e Nack un geiht dar na Huus mit, un dat jüst so gau as de Waag mit söss Perde vör.

Jan markt nu, he hett mehr Knoev as twintig Mann, un nu fangt he an un maken sik en feine Leven. He is geern mit annern tohopen, geiht to Jahrmarkten un Festen un kickt bi all Slags Frietiedsvergnögen to. Un bi't Fechten mit'n Stock, bi't Ringen oder bi't Steenstöten kann sik keeneen mit em meten, un toletzt waagt dat keeneen mehr un ringen mit em, un in't heele Land ward he mehr un mehr beröhmt.

Wied un sied geiht he na all Frietiedsvergnögen as Ballspelen un sowat. Un mal in en Deel vun't Land, 'nem he frömd is un se em nich kennen doon, do blifft he stahn un kickt sik dat Ballspel an, un dat geiht fein. Man Jan rungeneert dat Spill, denn as de Ball mal bi em to liggen kümmt, do sparkt he dar so dull na, dat 'n wegflüggt un keeneen weet, wonem 'n afbleven is. Do warrn se dull up Jan, dat kann een sik ja denken, man dat nützt se nix, denn Jan kriggt en degte Pahl faat un haut um sik, un sodennig kümmt he fein dörch, wenn uck de heele Gegend up em los geiht.

Dat is al laat an'e Avend, as he na Huus gahn kann, un up'e Straat stellen sik em veer dannige Hallunken in'e Weg, de hebben al de heele Dag Lüüd oeverfullen un utroovt, de dar langkamen sünd. Se meenen, Jan is en lichte Büüt, wo he doch alleen is, un sin Geld woe'n se al kriegen. „Holl stopp un rut darmit!", ropen se. „Rut mit wat?", seggt Jan. „Din Geld, wat woll anners", seggen se. „Do moeten I mi eerst wat fründlicher kamen", seggt Jan. „Nu hol din Sabbel", seggen se, „Geld woe'n wi hebben, un dat woe'n wi uck woll kriegen, ehrer du ut'e Stä' kümmst." – „Meenen I dat?", seggt Jan. „Na, denn kumm her un haal ju dat."

Dat Enne vun't Leed is, Jan haut twee vun de Hallunken doot, un de beide annern warrn heel un deel toschannen, un he nimmt se all se's Geld af, dat sünd so an'e dusend Daler. Un as he na Huus kümmt, amesseert he sin ole Mudder mit de Geschicht, wodennig he de Ballspelers un de veer Rövers mitspelt hett.

Aver pass man up, mitünner bemött Jan uck sin Oevermann. Een Dag stromert he in't Holt rum, do bemött he en degte Ketelflicker, de hett en arige Stock up'e Schuller, un en grote Hund driggt sin Bünnel un sin Handwarkstüüg. Wonem he denn herkamen deit, un wonem he hen will, fraagt Jan, dat is doch keen Allmannsstraat. „Wat geiht di dat an?", seggt de Ketelflicker, „elkeen Torfkopp mutt sik ja woll in anner Lüüd se's Saken mengeleern." – „Dat will ik di wiesen, ehrer wi utenanner gahn", seggt Jan, „wat mi dat angeiht." Oh, seggt de Ketelflicker, denn schall he man rankamen, he is ümmer praat un kriegen sik mit jichens een bi de Flickens. Man he hett hört, dar is ja woll een dar in'e Gegend, de heet Jan Hockendrift, vun de warrn ja gewaltige Stückens vertellt, de wull he geern mal bemöten un sik mit em anleggen. „Tjä", seggt Jan, „mi dücht, de kunn di oever we'n. Un dat du 't man weetst, Jan Hockendrift, dat bün ik; wat wullt du mi seggen?" – „Oh", seggt de anner, „dat freut mi, dat wi uns hier so fein drapen hebben." – „Du maakst woll Spaaß", seggt Jan. „Nee, dat is min vulle Eernst", seggt de Ketelflicker, „woe'n wi uns mal meten?" – „Inverstahn", seggt Jan, „man laat mi eerstmal en Pinn faatkriegen." – „Geiht klaar", seggt de Ketelflicker, „de Düvel schall de Keerl halen, de sik mit en wehrlose Mann anleggt."

Do kriggt Jan sik en Heckboom as Stock, un denn gahn se up enanner los, de Ketelflicker up Jan un Jan up'e Ketelflicker, as twee Riesen gahn se up enanner dal. De Ketelflicker hett en Ledderjack an, un bi jede Slag, de Jan em bipuhlt, bölkt de Jack luut up, man de Ketelflicker gifft sik nich een Toll. Upletzt neiht Jan em een an'e Siet vun'e Doetz, un do fallt he. „Na, Ketelflicker, wonem büst du nu?", fraagt Jan. Man de Ketelflicker is en flinke Keerl, he springt up un puhlt Jan een bi, de em meist vun'e Fööt bringt, un denn een up'e anner Siet, dat Jan de Nack knackt. Do smitt Jan sin Wapen dal un gifft to, de Ketelflicker is em oever, un denn nimmt he em mit na Huus. Dar köhlen se denn se's blaue Placken, un vun de Dag an gifft dat keen betere Frünnen as de beiden.

Sodennig kennen se Jan wied un sied, un toletzt kümmt en Beerbruuer ut'e Stadt bi em an, he söcht en gude, starke Keerl, de sin Beer na dat un dat Dörp bringt, un he verspriсkt em en nüe Antog Tüüg vun Kopp bet Foot, un Eten un Drinken vun't beste, un do seggt Jan „Ja". Un sin nüe Herr vertellt em, wat för'n Weg he gahn mutt, denn du musst weeten, in dat Maschland dartwischen, dar huust en gresige Ries, un darför waagt sik dar keeneen längs.

Do geiht Jan denn elkeen Dag na dat dare Dörp, en gude fiev Mielen lang de Straat. Jan dücht, dat is en langtoegsche Kraam, un nich lang', do ward he wies, de Weg, 'nem de Ries an husen deit, de is man halv so wied. Nu hett Jan noch mehr Knoev as vördem, wo he so guut verplegt ward un so vel starke Beer drinken deit. Un mal, as he wedder na dat Dörp geiht, do – he seggt dar nix vun to sin Herr oder jichens een vun de anner Knechten – do nimmt he sik vör, he will de korte Weg gahn, un wenn em dat de Hals kosten deit; de nich waagt, de nich winnt. Un sodennig büggt he af na de korte Weg rin un maakt de Heckpoorten up, dat he dar mit sin Fahrwark dörch kann. Toletzt ward de Ries em wies un kümmt gau anlapen un will em sin Beer afnehmen as Büüt.

He geiht up Jan dal as so'n Lööw, as wenn he em upfreten will. Wokeen em denn woll Verlööv geven hett un kamen dar lang, bölkt he. He will em to'n Exempel maken för all de Hallunken ünner de Sünn, un he wiest em all de Köppe, de dar an de eene Boom hängen doon. Sin schall höger hängen as all de annern, schriet he, för un wahrschuun annern.

Man Jan blifft em nix schüllig. „To'n Düvel mit din grote Muul", seggt he, „du scha'st sehn, ik bün nich so as de dar, du achtertücksche Hallunk."

De dare Wöör bringen de Ries eerst so richtig in Fahrt un he löppt na sin Höhl rin, dat he sin grote Küül haalt; he will mit'e eerste Slag Jan sin Brägen rutdöschen.

Man wo schall Jan so gau en Wapen herkriegen; sin Swep nützt ja nich vel gegen so'n gresige Beest vun twölf Foot Längde un söss Foot um't Liev. Man wieldes de Ries na sin Küül löppt, do fallt em en ganz gude Wapen in, he maakt nich vel Umstänne, kriggt sin Waag faat, stellt 'n up'e Kopp un nimmt Ass un Rad as Schild un Scherm. Un de wiesen sik as feine Wapen!

De Ries kümmt wedder rut un gluupt Jan an. Wat he wull mit de dare Wapens utrichten will, seggt he. He hett dar en Pinn, seggt he, dar haut he Jan an'e Grund mit. De dare „Pinn" is so dick as en Mielsteen, man Jan lett sik nich bang maken, wenn de Ries uck mit so'n Gewalt up em losgeiht, dat dat Rad man so knackt. Man Jan deit, wat he kann, un neiht de Ries sodennig een an'e Siet vun sin Doez, dat he dingeln ward. „Wat", seggt Jan, „büst du nu al duun vun min Starkbeer?"

Do gahn se up'nanner los, un Jan puhlt de Ries gewaltig wecken bi, dat de dat Sweet un dat Bloot man so dat Gesicht dal lopen, un he is ja dick un vun de lange Hauerie al wat maddelig un un möö', un do fraagt he Jan, um he nich mal wat drinken dörv. „Nee, nee", seggt Jan, „kümmt nich in'e Tüüt, ik bün doch nich doesig!" Un he markt, de Ries ward bi lütten flau un kann em nich mehr recht drapen, un do denkt he, he mutt man dat Iesen smeden, solang as dat hitt is, un he geiht up'e Ries los as en Tumpige un kriggt em toletzt an'e Grund. All de Ries sin Bölken un Bedeln un sin Verspreken, he will sik geven un Jan deenen, dat helpt em allens nich. Jan gifft nich na, bet he de Ries doot hett, un denn snitt he em de Kopp af un geiht rin in'e Höhl, un dar finnt he en grote Barg Sülver un Gold, dat dat Hart em in't Liev hoppen ward vör Freud. He laad't denn wedder up, un as he sin Beer utlevert hett, kümmt he na Huus un vertellt sin Herr, wat em passeert is. Un de neegste Morrn gahn he un sin Herr un noch wecke Lüüd ut'e Stadt na de Ries sin Höhl. Jan wiest se de Kopp un wat dar an Gold un Sülver in'e Höhl is, un do warrn se all danzen vör Freud, denn dat ganze Land is bang' we'n vör de dare Ries.

De Naricht spreed't sik up un dal dör't heele Land, wodennig Jan Hockendrift de Ries dootmaakt hett. Un all, de guut to Foot sünd, lopen hen un kieken sik de Höhl an. Un all de Lüüd maken grote Freuden-füern, un wenn se vörher Respekt hatt hebben vör Jan, denn nu eerst recht. Un se sünd sik all eenig, he schall de Ries sin Höhl to eegen hebben, un wenn dat *mal* so vel we'n weer, denn harr he dat uck verdeent.

Do brickt Jan denn de Höhl af un buut sik dar en feine Huus. En Deel vun dat Land, wat de Ries vörher för sik nahmen harr, gifft Jan an de Armen, dat de uck en Stück Land hebben, un en Deel maakt he to gute Weetenland, dat he un sin Mudder, Hanne Hockendrift, darvun leven koenen. Un nu is he de Hauptmacker in't Land; he is nich mehr eenfach Jan, nu is he „Herr Hockendrift", un du kannst mi gloven, se hebben all Respekt vör em. He hollt sik Knechten un Deerns un levt dar in Ehren; un he leggt en Holt an, 'nem he Rootwild holen kann, un de Tied is glücklich vergahn för em in sin feine Huus bet an sin Enne.

Gobber Wicker

Dar is mal en Mann we'n, Gobber Wicker[1] hebben se em nöömt, un he hett en Soehn hatt, Hans.

Mal schickt he em los, he schall en Schaapfell ver- kopen, un Gobber seggt, he schall em dat Fell wed- derbringen un uck, wat dat weert is. Na, Hans geiht ja los, man he kann keeneen finnen, de em dat Fell lett un de Pries uck. Do geiht he wedder na Huus un is heel keef[2]. Man Gobber Wicker seggt, maakt nix, denn mutt he dar de neegste Dag nochmal up dal.

Do versöcht he dat denn wedder, man ünner de dare Bedingen will keeneen dat Fell kopen. As he na Huus kümmt, seggt sin Vadder, he schall sin Glück de neegste Dag nochmal versöken, man dat schient, as wenn dat de drütte Dag wedder up't sülve rutlo- pen will. Do kriggt he meist Lust un neihn ut un gahn gar nich wedder na Huus, sin Vadder is sachs bannig vergrellt, denkt he. Un as he na en Brügg kümmt, do loehnt he sik up dat Gelänner un spicke- leert oever de Kniep, 'nem he in sitten deit, un vel- licht is dat ja uck tumpig un lopen weg vun to Huus, denkt he un weet nich, wat he nu maken schall. Do ward he en Deern wies, de wascht nedden an't Över ehr Tüüg. Se kickt hooch un seggt, he schall ehr dat man nich för oevel nehmen, dat se fragen deit, man warum he so bedröövt kieken deit. Do seggt he, sin Vadder hett em dat dare Fell mitgeven, dat schall he wedder mit na Huus bringen un uck noch de Pries darför. Wenn't wieder nix is, seggt de Deern, dat is ja licht to. He schall ehr dat man mal geven. Do wascht

---

[1] Wicker = Wahrsager, Zauberer
[2] He is dar keef up = er hat es satt (dän. ked)

se dat Fell in'e Au, nimmt dar de Wull vun af, betahlt em darför, wat dat kosten mutt, un gifft em de Huut wedder, de kann he mit na Huus nehmen.

Sin Vadder freut sik un seggt to Hans, dat is en kloke Deern, de wurr en gude Fruu för em afgeven. Um he denn meent, he kennt ehr wedder. Ja, dat meent Hans noch, un do seggt sin Vadder, he schall man bald mal wedder hengahn na de dare Brügg un sehn, um se dar is, un wenn, denn schall he ehr inladen to Kaffe. Un Hans ward ehr uck richtig wies un vertellt ehr, sin Vadder will ehr geern kennen lehrn, un um se Lust hett un drinken Kaffe mit se. De Deern bedankt sik fründlich un seggt, se kann de neegste Dag kamen, in'e Ogenblick hett se dat to hild. Dat is em recht, seggt Hans, denn hett he Tied un kriegen dat t'recht. As se denn kümmt, markt Gobber Wicker foorts, se is en kloke Deern, un he fraagt ehr, um se will Hans sin Fruu warrn. Ja, seggt se, un do warrn se denn tohopengeven.

Nich lang' darna seggt Hans sin Vadder to Hans, he mutt mit em kamen, se hebben Updrag un buun dat feinste Slott, dat 'n jichens sehn hett. Dar is en König, de will all de annern mit dat dare wunnerbare Slott utsteken. Un as se hengahn för un leggen de Grundsteen, do fraagt Gobber Wicker Hans, um he em nich kann de Weg en beten verkörten. Man Hans kickt vörut, un dar is en lange Straat vör se. He weet nich, seggt he, wodennig he dar en Stück vun afbreken schull. Denn kann he em nich bruken, seggt sin Vadder, denn schall he sik man afglieden na Huus.

Do geiht de stackels Hans denn wedder t'rügg, un as he rinkümmt, seggt sin Fruu: „Woso kümmst du denn hier nu alleen wedder an?" Do vertellt he ehr, wat sin Vadder seggt hett, un wat he darto seggt hett. „Du Doeskopp", seggt sin kloke Fruu, „harrst du em en Geschicht vertellt, denn so harrst du em de Weg verkörtet. Hör to", seggt se, „ik vertell di nu en Geschicht, un denn seh to un halen Gobber Wicker in, un fang foorts an mit de Geschicht. He ward dar sin Spaaß an hebben, un wenn du ferdig büst, denn sünd I uck al bi de Grundsteen."

Do löppt Hans sik denn in Sweet un haalt sin Vadder richtig in. Gobber Wicker seggt keen Woort, man Hans fangt an mit sin Geschicht, un de Weg ward se verkörtet, jüst so as sin Fruu dat seggt hett. As se ankamen, gahn se bi un buun dat dare Slott, dat all de annern oeverstrahlen schall. Nu hett Hans sin Fruu se raden, se schoe'n sehn un warrn bekannt mit de Bedeenters, un do doon se, wat se seggt hett, un dat geiht ümmer „Moin" un „Tschüß", wenn se rin un rut gahn.

As dar nu en Jahr rum is, do hett Gobber, de kloke Mann, so'n Slott buut, de Lüüd kamen to Dusenden un bewunnern dat. Un de König seggt, dat Slott is ferdig, he will de neegste Dag kamen un se utbetahlen. Ja, seggt Gobber, he mutt blots baven in'e eene Stuuv noch een Boehn ferdig maken, denn fehlt dar nix mehr an.

Man as de König weg is, do schickt de Huushöllersch na Gobber un Hans un vertellt se, se hett up en Gelegenheit luert un wahrschuun se, denn de König is so bang', se kunnen se's Kunst annerwegens anbringen un jüst so'n feine Slott för en anner König buun, he will se de neegste Dag um'e Eck bringen. Gobber seggt to Hans, he schall man de Ohrn nich hängen laten, denn kamen se dar al klaar mit. As de

König denn wedderkümmt, do seggt Gobber to em, he hett de Arbeit nich ferdig maken kunnt, he bruukt dar en Warktüüg to, dat hett he to Huus, un he will Hans dar geern na schicken. Nee, nee, seggt de König, um nich een vun sin Lüüd dat doon kann. Nee, seggt de Wicker, de koenen dat nich verknoopfiedeln, wat he bruukt, man Hans, de kunn dat doon. Nee, seggt de König, he un sin Soehn moeten dar blieven, man wodennig dat denn weer, wenn he sin eegne Soehn darna schicken dä. Ja, seggt Gobber, dat geiht.

Do schickt Gobber denn dör em en Bescheed an Hans sin Fruu: „Giff em *Krumm un Liek!*"

Nu is dar in Hans sin Huus tämlich hooch baven in'e Wand en Lock, un Hans sin Fruu versöcht un langen dar rup in en Kist, de steiht dar, dat se an „Krumm un Liek" kamen deit, un toletzt fraagt se de Königssoehn um Hülp, de hett ja längere Arms. Man as he sik oever de Kist böögt, do kriggt se em faat an beide Hacken, smitt em rin in de Kist un maakt 'n to. Dar sitt he nu, krumm un liek.

Do fraagt he um Fedder un Dinte, dat kriggt he, man rut dörv he nich, un dar warrn Löcker inbohrt, dat he uck Luft kriggt. As denn sin Breev ankümmt un sin Vadder, de König, kriggt to weeten, sin Soehn kümmt eerst frie, wenn Gobber un Hans heel to Huus ankamen sünd, do markt he denn ja, he mutt sik mit de Buu tofreden geven un se weg laten.

As se sik afglieden, seggt Gobber to em, nu Hans ferdig is mit de dare Arbeit, schall he as neegstes en Slott buun för sin plietsche Fruu, un dat schall noch vel feiner warrn as de König sin. Dat deit he, un dar hebben se denn alltied glücklich tosamen in levt.

De Antog vun Klei

Dar is mal en kloke Fruu we'n. Wecken hebben seggt, se is en Hex, man dat hebben se blots heel liesen seggt, se sünd bang' we'n, se kunn dat hören un se denn wat andoon. Een hett dat ja nich weeten kunnt, man keeneen hett dar mal wat vun hört, dat se jichens een mal wat toleed daan hett, un wenn se en Hex we'n weer, harr se dat doch wiss daan. Man se hett een seggen kunnt, wat för'n Süük he hett un mit wat för'n Kruut de to heelen is, un se hett Drüppens t'rechtmaken kunnt, 'nem de Wehdaag in en Ogenblick vun weggahn sünd. Un wenn de Köh krank we'n sünd oder een hett in'e Kniep seten, denn hett se seggen kunnt, wat darbi to maken is, un de Deerns hett se vertellen kunnt, um se's Leevsten se uck truu blieven.

Man se is gnadderig wurrn, wenn de Lüüd ehr to vel oder to lang' fraagt hebben, un Doesköppe hett se up'e Dood nich utstahn kunnt. Un dar sünd en Barg kamen un hebben ehr doesige Fragen stellt, so as dat se's Natur we'n is, un so wecken hett se nie nich en Raat geven – tominnst keen, de se groot hett helpen kunnt.

Na, mal sitt se vör de Dör un schellt Kartüffeln, do kümmt dar so'n junge Slackerdarm vun Bengel de Footstieg hooch mit en lange Näs un Gluupogen un de Hänne in'e Taschen.

„Dat is en Doeskopp as man een, dat süht een em ja an'e Näsenspitz an", seggt de kloke Fruu bi sik un nickt mit'e Kopp un smitt en Kartüffelschell oever ehr linke Schuller, dat se dat Unglück afmöten deit.

114

„Dag uck, Madamm", seggt de Doeskopp, „ik bün hier, dat ik mit di snack."

„Ja", seggt de kloke Fruu, „dat seh ik. Wo geiht dat denn din Lüüd düt Jahr?"

„Och, dat geiht so", seggt he, „man se seggen, ik bün en Doeskopp."

„Ja, dat büst du", nickkoppt se un smitt en rotte Kartüffel weg, „dat seh ik uck. Un wat wullt du vun mi? Ik hannel nich mit Brägen."

„Ja, kiek mal, Mudder seggt, ik warr all min Daag nich klöker. Man de Lüüd seggen ja, du kannst allens. Kannst mi nich en beten wat lehr'n, dat se to Huus meenen, ik bün plietsch?"

„O haueha", seggt de kloke Fruu, „du büst ja noch en gröttere Doeskopp, as ik dacht harr. Nee, min Jung, di kann ik nix lehr'n. Man ik will di wat seggen: Du bliffst din Leven lang en Doeskopp, bet du en Antog vun Klei kriggst; un wenn du de hest, denn weetst du mehr as ik."

„Tjä, Madamm; wat is dat denn för'n Antog", seggt he.

„Geiht mi nix an", seggt se, „dat musst du sülven rutfinnen." Un se nimmt ehr Kartüffeln un geiht rin in't Huus.

De Doeskopp nimmt de Mütz af un kleit sik an'e Kopp. „Da'scha en gediegene Antog un söken na", seggt he. „Antog vun Klei – he' 'k noch nie nich wat vun hört. Man ik bün ja uck en Doeskopp."

Do geiht he wieder un kümmt an'e Graav, dar sünd man noch en paar Drüppen Water in un footdeepe

Mackeratsch[1]. „Dar is Schiet", seggt de Doeskopp un freut sik, un he springt rin un wöltert sik dar in un spaddelt. „Hö jö", seggt he – denn he hett de Mund vull – „nu heff ik doch en Antog vun Klei. Nu gah ik na Huus un vertell Mudder, ik bün nu en kloke Mann un keen Doeskopp mehr." Un do geiht he na Huus.

Do kümmt he bi en Kaat lang, dar steiht en Deern vör de Dör. „Moin, Doeskopp", seggt se, „hest en beten in'e Perdediek planscht?"

„Sülvst en Doeskopp", seggt he, „de kloke Fruu hett seggt, ik weet mehr as se, wenn ik en Antog vun Klei heff, un hier is 'n. Schall ik di heiraden, Deern?"

„Ja", seggt se, denn se denkt, se will geern en Doeskopp to Mann hebben, „wannehr schall't denn losgahn?"

„Ik kaam un haal di, wenn ik min Mudder dat vertellt heff", seggt de Doeskopp, un he gifft ehr sin Glückspenn un geiht wieder.

As he na Huus kümmt, steiht sin Mudder up'e Dörsüll.

„Mudder, ik heff en Antog vun Klei", seggt he.

„Vun Schiet un Dreck", seggt se, „un wat schall dat?"

„Kloke Fruu hett seggt, ik weet mehr as se, wenn ik en Antog vun Klei heff", seggt he, „un do bün ik dalhoppt in'e Graav un heff mi een kregen, un nu bün ik keen Doeskopp mehr."

---

[1] Mackeratsch = Schlamm

„Fein", seggt sin Mudder, „denn kannst di nu en Fruu kriegen."

„Ja", seggt he, „ik heiraad de un de."

„Wat!", seggt sin Mudder, „de dare Deern? Un dat deist du nich! Dat is blots en dumme Gör un hett nich Koh un nich Kohl."

„Man ik heff ehr min Glückspenn geven", seggt de Doeskopp.

„Denn büst du en noch gröttere Doeskopp as vörher, schiet up din Antog vun Klei!", seggt sin Mudder un ballert em de Dör vör de Näs to.

„Verdori", seggt de Doeskopp un kleit sik an'e Kopp, „dat is woll doch nich de rechte Antog vun Klei."

Do geiht he t'rügg na de Straat, sett sik dal an't Över vun'e Au dicht bi un kickt up't Water, dat is köhlig un klaar. So bilütten slöppt he in, un ehrer he recht weet, wat em passeert, plumps! trünnelt he mit en Platsch dal in'e Au un spaddelt sik wedder rut, natt as en versapene Rott.

„O haueha", seggt he, „ik mutt mi man in'e Sünn leggen to drögen." Un do geiht he an'e Straat un leggt sik dal in'e Stoff un wöltert sik dar rum, dat de Sünn em uck vun all Sieden faat kriggt.

As he sik denn wedder hoochsetten deit un kickt an sik dal, do ward he wies, de Stoff is tohopenbackt to so'n Aart Huut oever sin natte Tüüg, wat 'n dar nich een Toll mehr vun sehn kann, so dicht is dat oeverdeckt. „Hö jö", seggt he, „dar heff ik ja nu en Antog vun Klei, fix un ferdig, un wat en feine een. Süh so, dütmal bün ik aver nu doch würklich en plietsche Keerl, ik heff funnen, wat ik hebben wull, un heff dar nich mal na söcht! Ha, wat is dat 'n feine Geföhl un we'n so plietsch!"

Un he sitt dar, kleit sik an'e Kopp un denkt oever sin Klook na. Man do kümmt mitmal de Eddelmann um'e Eck, to Perd in vulle Galopp, as wenn se achter em her sünd. Do mutt de Doeskopp aver mal springen, uck wenn de Eddelmann sin Perd för dull toegeln deit, dat 'n sik up'e Achterbeens sett. „Verdammi nochmal!", schimpt de Eddelmann, „wat hest du hier sodennig merrn up'e Straat to liggen?"

„Na ja, Herr", seggt de Doeskopp, „ik bün in't Water fullen un natt wurrn, un do heff ik mi to drögen up'e Straat leggt. Un ik heff mi dalleggt as Doeskopp un bün wedder upstahn as kloke Mann."

„Wo dat?", will de Eddelmann weeten.

Do vertellt de Doeskopp em vun'e kloke Fruu un de Antog vun Klei.

„Ha, ha, ha!", lacht de Eddelmann, „wokeen hett dar jichens vun hört, dat en kloke Mann sik merrn up'e Straat leggt un sik oeverrieden lett? Laat di dat vun mi seggt we'n, min Jung, du büst en noch grötttere Doeskopp as vörher", un he ritt wieder un will sik meist dootlachen.

„Dammi!", seggt de Doeskopp un kleit sik an'e Kopp, „denn heff ik noch ümmer nich de richtige Antog." Un he hostet un spüttet vun'e Stoff, de de Eddelmann sin Perd uproegt hett.

Do geiht he denn trurig wieder un kümmt an en Kroog, un de Kröger steiht in'e Dör un smöökt. „Na, Doeskopp", seggt he, „du büst ja fein schietig."

„Ja", seggt de Doeskopp, „ik bün schietig vun buten un stoffig vun binnen, man dat is noch nich dat Richtige." Un he vertellt de Kröger vun de kloke Fruu un de Antog vun Klei.

„Oha!", seggt de Kröger un plinkert em to. „Ik weet, wat dar los is. Du hest en Huut vun Schiet vun buten un luder dröge Stoff vun binnen. Du musst dat natt maken, min Jung, mit düchtig wat to drinken, un denn hest du en richtige Antog vun Klei oever allens."

„Öh", seggt de Doeskopp, „dat is mal en Woort."

Do sett he sik dal un geiht bi un drinkt. Man dat is meist nich to gloven, wovel Beer darto hört un maken so vel Stoff natt; un ümmer, wenn he en Putt leddig hett, dücht em, he is ümmer noch dröög. Man toletzt föhlt he sik heel lustig un tofreden mit sik sülven.

„Hö jö!" seggt he. „Nu heff ik en richtige Antog vun Klei vun buten un vun binnen. Dat is doch en ganz anner Snack. Ik föhl mi nu ganz anners – sowat vun plietsch!" Un he vertellt de Kröger, he is nu ganz bestimmt en kloke Mann – uck wenn he nich mehr so recht düütlich snacken kann na all dat Beer. Un do steiht he up un will na Huus gahn un sin Mudder vertellen, se hett nu keen Doeskopp mehr as Soehn.

Man as he jüst versöcht un kamen ut'e Dör vun'e Kroog – dat verdreihte Ding will knapp lang' nugg still holen, dat he 'n faat kriegen kann – do kümmt de Kröger un kriggt em faat an'e Ärmel. „Ogenblick mal, Meister", seggt he, „du hest din Zech nich betahlt – wonem is din Geld?"

„Heff ik nich", seggt de Doeskopp un treckt all sin Taschen na buten, dat he wiest, dar is nix in.

„Wat!", röppt de Kröger un ward nu ja schimpen. „All min Beer hest du sapen un hest nix un betahlen dat mit?"

„Höh!", seggt de Doeskopp. „Du hest doch seggt, ik schull drinken för un kriegen en Antog vun Klei. Man ik bün ja en kloke Mann, un do maakt mi dat nix ut un helpen di en beten vöran in'e Welt, denn wenn ik uck en plietsche Keerl bün, to min Frünnen bün ik doch nich to stolt."

„Kloke Mann! Plietsche Keerl!", seggt de Kröger, „un mi vöranhelpen wullt du? Dammi! Du büst de gröttste Doeskopp, de mi jichens ünnerkamen is, un eerstmal will ik *di* helpen – rut!" Un he gifft em en Pedd, dat he rut ut de Dör up'e Straat flüggt.

„Hm", seggt de Doeskopp, „ik bün doch nich so klook, as ik dacht harr. Ik gloov, ik gah noch mal na de kloke Fruu un segg ehr, dar is jichens en Stä' en Schruuv loos." Un he krabbelt sik hooch un geiht na ehr Huus, un do sitt se dar vör de Dör.

„Na, büst du wedder dar?", seggt se un nickkoppt. „Wat wullt du denn nu vun mi?"

Do sett he sik dal un vertellt ehr, wodennig he versöcht hett un kriegen en Antog vun Klei, un is doch nich klöker wurrn.

„Nee", seggt de kloke Fruu, „du büst en noch gröttere Doeskopp, as du jichens we'n büst."

„Dat seggen se all", süüfzt de Doeskopp; „man wonem kann ik denn de rechte Aart Antog vun Klei kriegen, Madamm?"

„Wenn du mit düsse Welt t'recht büst, un din Lüüd leggen di in'e Kuhl", seggt de kloke Fruu. „Dat is de eenzige Antog vun Klei, de so'n as *di* klook maken kann, min Jung. Doesig baren, doesig storven, un dat heele Leven lang en Doeskopp, un dat is de Wahrheit." Un se geiht in't Huus un maakt de Dör to.

„Dammi!", seggt de Doeskopp, „denn mutt ik Mudder seggen, dat se doch recht hatt hett, un dat se nie nich en kloke Mann as Soehn hebben ward!"

Un do geiht he na Huus.

De König un sin dree Soehns

Dar is mal en ole König we'n, de hett dree Soehns hatt. Mal ward de dare König dull krank, un dar is nix, wat em helpen kann, blots wecke gollne Appeln ut en Land wied, wied weg. Do stiegen de dree Bröder to Perd un woe'n de dare Appeln söken. Se rieden tosamen afste', un as se an en Krüüzweg kamen, do holen se an un eten en bet'. Un denn maken se af, se woe'n sik dar to en bestimmte Tied wedder drapen, un keeneen schall vör de annern na Huus rieden. Un do ritt Valentin na rechts, Oliver ritt liek ut, un Hans büggt na links af.

Na, ik will dat kort maken un mit Hans gahn un de anner beiden se's Schangs söken laten, dar is uck sachs nich vel los mit se. Hans ritt denn ja afste' oever Bargen un dör Slunken, dör dichte Holt un oever wiede Weiden, 'nem Voss un Haas sik Gu'nacht seggen, un wieder as ik vunavend vertellen kann – oder uck jichens mal vertellen will.

Toletzt kümmt he an en ole Kaat dicht bi en grote Holt, un dar sitt en ole Mann vör de Dör, un sodennig as de utsehn deit, langt dat al un maken di oder jichens anners een bang'. Un de Ole seggt to em: „Moin, Königssoehn."

„Moin moin, ole Herr", seggt de junge Prinz. He is ja half tumpig vör Angst, man he will sik dat nich ankamen laten.

De Ole seggt, he schall man afstiegen un rinkamen un wat eten. Un sin Perd schall he in'e Stall stellen, so as 'n is. As he eerstmal wat eten hett, föhlt Hans sik al vel beter, un do fraagt he de Ole, woso he wusst hett, he is en Königssoehn.

Och, seggt de Ole, he hett nich blots wusst, he is en Königssoehn, he weet uck, wat he vörhett, beter as he dat sülven weet. De Nacht mutt he dar blieven, seggt he, un wenn he to Bett gahn is, denn schall he sik nich bang' maken laten, eendont, wat he hören deit. Dar kamen denn all Slag'en vun Peiten[1] un Hoppetuutsen un Slangen, un wecken darvun warrn denn versöken un kamen in sin Ogen un Mund rin, man he schall sik jo keen beten roegen, anners ward he sülven to een vun de dare Beester.

Stackels Hans weet ja nich, wat he darvun holen schall, man he waagt dat doch un gahn to Bett. Un as he jüst meent, he will en beten slapen, do kamen se, um em rum, oever em, ünner em, man he roegt sik nich een Toll de heele Nacht.

„Na, min Soehn, wo geiht di dat vunmorrn?" fraagt de Ole de anner Dag. Och, seggt Hans, em geiht dat guut, man vel Slaap hett he ja nich kregen. Na ja, seggt de Ole, dar schall he sik man wieder nix ut maken, bet nu hett he sik recht guut holen. Man he mutt noch en Barg dörmaken, ehrer he de gollne Appeln för sin Vadder kriggt. He schall man eerstmal fröhstücken, ehrer he sik up'e Padd maakt na dat Huus vun de Ole sin Broder. Sin Perd, dat schall he dar laten, bet he wedderkümmt un em allens vertellt, wodennig he t'rechtkamen is.

Denn kriggt de junge Prinz en frische Perd, un de Ole gifft em en Gaarnkluun, de smitt he mang de Ohrn vun't Perd dör. Do geiht dat afste' so gau as de Wind, wenn de Wind vun achtern nich de Wind vörn faatkriegen kann, un toletzt kümmt he na de tweet-

---

[1] Peit = Kröte (dän. padde)

öllste Broder sin Huus. As he vör de Dör rieden deit, kriggt he de desülve Begröten as bi de eerste ole Mann, man düsse süht noch grimmiger ut as de eerste. He hett lange griese Haar, un sin Tähns kringeln sik ut'e Mund, un sin Fingernägeln un Tehnnägeln sind woll al Dusenden vun Jahren nich klippt wurrn. Dat Perd kümmt in'e Stall, de is vel beter as bi de eerste Broder, un denn schall Hans rinkamen, un he kriggt düchtig wat to eten un to drinken, un denn sitten se en beten un kloenen, ehrer se to Bett gahn.

„Na, min Soehn", seggt de Ole, „ik nehm an, du büst een vun de König sin Kinner un wullt de gollne Appeln söken, de din Vadder wedder up'e Beens bringen schoe'n."

Ja, seggt he, he is de jüngste vun de dree Bröder, un he wull se to un to geern hebben un na Huus bringen.

„Maak di man keen Sorgen, min Soehn", seggt de Ole. „Ehrer du vunavend to Bett geihst will ik na min öllste Broder schicken un em Bescheed geven, wat du wullt, un he hett dar sachs nich vel Mars mit un stüern di dar hen, 'nem du de Appeln halen musst. Man pass up, dat du di vunnacht nich roegen deist, eendoont wo dull du beten un staken warrst, anners bringt di dat nix as Mallöör."

De junge Mann geiht to Bett un hollt allens ut, jüst so as de eerste Nacht, un de neegste Morrn steiht he up un is heel un risch. Na en gude Fröhstück kriggt he en frische Perd un en Gaarnkluun för un smieten mang de Ohrn vun dat Perd dör. He schall man tosehn un kamen in'e Sadel, seggt de Ole. He hett allens klaar maakt bi sin öllste Broder, seggt he, dat dar jo keen Tied verspillt ward. Denn he hett dar en Barg to besorgen, seggt he, un dar hett he man ganz wenig Tied to.

He smitt de Kluun, un afste' geiht dat as de Blitz, un do kümmt he na de öllste Broder sin Huus. De Ole heet em fründlich willkamen un seggt, he hett al lang' up em luert, un he ward sin Arbeit woll besorgen as en Keerl un risch un munter wedderkamen. Vunnacht, seggt he, will he em Ruh geven, un dar schall em nix stören, dat he de neegste Dag jo nich möö' is. Un denn schall he nich to laat hoochkamen, denn he mutt dar an een Dag hen un wedder t'rügg. Un up Dusende vun Mielen rundum is dar keen Stä', 'nem he sik utruhn kann; un wenn dar een weer, denn so kunn em dat licht mallöörn, dat he nich as he sülven wedderkeem. Un nu schall he nipp tohörn, wat he em seggen deit. Wenn he de neegste Dag na en ganz grote Slott kümmt mit swatte Water rundum, denn schall he eerstmal sin Perd anbinnen. Denn ward he dree smucke Swaans wies warrn, seggt he, un denn schall he seggen, „Swaan, Swaan, bring mi roever in'e Naam vun'e Griep vun Gröönholt", un denn setten de Swaans em oever up't Land. Dar sünd denn dree grote Ingangspoorten achter'nanner, seggt he, an'e eerste stahn veer grote Riesen up Wacht mit Swerter in'e Hand, an'e tweete Löwen un an'e drütte fürige Slangen un Draken. He mutt up'e Prick Klock een dar we'n, un Punkt Klock twee mutt he dar rut, keen Ogenblick later. Wenn de Swaans em roever bringen na dat Slott, kümmt he an all de dare Dinger vörbi, man denn slapen se all, un he schall sik dar man gar nich an kehren.

Wenn he ringeiht, seggt de Ole, denn schall he na rechts rupgahn, dar kümmt he na wecke feine Stuven. Denn schall he de Trepp dalgahn dör de Koek un dör en Dör to linker Hand in'e Gaarn, dar finnt he denn de Appeln för un maken sin Vadder gesund. Wenn he sin Ranzel vull hett, denn schall he sik streven so dull, as he kann, un schall na de Swaans ropen, dat se em wedder oeversetten so as vörher. Wenn he denn up sin Perd sitt un he hört Ropen oder Larm achter sik, denn schall he sik jo nich umkieken, de kamen oever Dusende vun Mielen achter em ran. Man wenn de Tied rum is un he kümmt wedder bi de Ole sin Huus, denn is dat allens vörbi.

„So, min Jung", seggt he, „nu heff ik di allens vertellt, wat du morrn maken musst. Un denk an, wat du uck deist, kiek di nich um, wenn du all de dare gresige Dinger dar slapen sühst. Hol di stief un seh to un kamen dar weg, un kumm t'rügg na mi so gau as 't geiht. Man ik much doch weeten, wodennig dat min beide Bröder gahn hett, as du dar wegreden büst, un wat se to di seggt hebben oever mi."

Na ja, seggt de Prinz, ehrer he losreden is, do is sin Vadder ja krank we'n, un he hett seggt, he schull dar hen un de gollne Appeln söken, denn nix anners kunn em helpen. Un as he na de anner sin jüngste Broder kamen is, do hett de em en Barg Saken vertellt, de he hett doon musst, ehrer he darhen kamen is. Un eenmal, seggt he, do hett he dacht, sin jüngste Broder hett em in en verkehrte Bett packt mit all de dare Slangen dar in, de em de heele Nacht beten hebben. Man sin tweete Broder hett em denn seggt, dat hett sodennig we'n schullt, un dat dat dar bi em jüst so is. „Man he hett seggt, du harrst keen in din Betten."

Na, seggt de Ole, se woe'n man to Bett gahn, un he bruukt nich bang we'n, seggt he, dar sünd keen Slangen.

De junge Mann geiht to Bett un hett en ruhige Nacht, un as he de neegste Morrn upsteiht, do is he so frisch as en Fisch in't Water. Na't Fröhstück kriegen se dat anner Perd rut, un bi't Upsadeln un Uptömen ward de Ole upmal lachen un seggt to de junge Mann, wenn he dar en smucke junge Deern wies ward, denn schall he sik dar man nich all to lang' bi upholen, denn se kunn waak warrn, un denn mutt he bi ehr blieven, oder he ward to een vun de dare gresige Undeerten as de, 'nem he an vörbi mutt, wenn he in't Slott ringeiht.

„Ha ha ha!", ward de Jungkeerl nu uck lachen, „ik lach mi doot, ik kann knapp de Snallen an't Sadeltüüg tokriegen vör Lachen! Ik gloov, wenn ik dar en junge Deern seh, Unkel, denn kumm ik dar al klaar mit, dar kannst di to verlaten."

„Na, min Jung, ik warr dat ja wies, wodennig du t'rechtkümmst."

Do stiggt he up sin Arabertoet, un af geiht dat as ut'e Flint schaten. Toletzt kriggt he dat Slott up Sicht. He binnt sin Perd guut fast an en Boom un kriggt sin Klock rut. Dat is Viddel vör een, un do röppt he: „Swaan, Swaan, bring mi roever in'e Naam vun'e ole Griep vun Gröönholt." Knapp seggt, do geiht dat uck al los. Mit een Swaan up elker Siet un een vörweg bringen se em in Null Komma nix roever. He kümmt up'e Beens un marscheert geruhig an all de dare Riesen, Löwen, fürige Draken un all moegliche anner gresige Dinger lang, de kann ik gar nich all uptellen, so vel sünd dat. Se slapen all fast, as he dar up Bö-

127

gen oder Breken ringeiht in't Slott, man dat doon se
blots een Stunn. He dreiht sik na rechts un löppt de
Trepp rup un kümmt in en ganz feine Slaapstuuv,
un do süht he dar en smucke Prinzessin fast in Slaap
lingelang up en gollne Bettstä' liggen. He kickt ehr
mit Verwunnern an, so smuck as se is, un denn
knööpt he ehr dat Strumpband los un maakt dat an
sin Been fast, un darför kriggt se sin an. He nimmt
uck ehr gollne Klock un ehr Snuuvdook un lett sin
darför dar. Denn riskeert he noch en Söten, do sleit
se meist un meist de Ogen up. He markt, de Tied
ward knapp, un do löppt he gau de Trepp dal, un as
he dör de Koek na de Gaarn to löppt, do ward he de
Koeksch wies, de liggt dar mit all veer vun sik up'e
Rügg merrn up'e Footborm mit dat Mess in een
Hand un de Gavel in'e anner. Na, he finnt de Appeln
un maakt sin Ranzel vull. As he wedder dör de Koek
kümmt, ward de Koeksch meist waak, man he mutt
lopen, all wat he kann, de Tied is al meist um.

He röppt na de Swaans, un se kriegen em uck oever-
sett, man se dücht, he is en beten wat swarer as vör-
her. Knapp sitt he weder up sin Perd, do hört he ach-
ter sik en gewaltige Larm, de Bann is braken, un se
kamen achter em ran, man dat nützt se allens nix.
Dat duert nich lang', do kümmt he na de öllste Bro-
der sin Huus. Un he is bannig froh un sehn dat, denn
de Anblick un de Larm vun all de Kraam, wat achter
em her is, verfehrt em meist to Dode.

„Willkamen, min Jung, fein, dat du wedder dar büst.
Stieg af un bring dat Perd in'e Stall, un denn kumm
rin un itt eerstmal wat. Du hest bestimmt Smacht
na all dat, wat du in dat dare Slott dörmaakt hest.
Un denn musst du mi allens vertellen, wat du daan
hest un sehn hest. Hier sünd al anner Königssoehns

128

langkamen un hebben na dat Slott wullt, man vun de is nich een lebennig t'rüggkamen, blots *du* hest de Bann braken. Un denn musst du mit mi kamen mit en Swert in'e Hand un musst mi de Kopp afhaun un in de dare Soot smieten."

De junge Prinz stiggt af un bringt dat Perd in'e Stall, un denn gahn se rin un eten wat, denn ik kann di seggen, he hett dat bitter nödig. Un as he allens vertellt hett, wat dar passeert is – de Ole freut sik dar richtig to un hören dat – do gahn se tosamen na buten. De Prinz kickt sik um, un do süht he, de heele Platz süht gresig ut, jüst so as de Ole. De kann meist nich lopen vör sin Tehnnägeln, de krellen sik na baven as de Hoorns vun so'n Schaapbuck, de vel hunnert Jahren nich sneden sünd, un he is meist towussen mit lange Haar. Do kamen se na en Soot, un de Ole gifft de Prinz en Swert un seggt, he schall em de Kopp afhau'n un in de dare Soot smieten. De junge Mann will dat ja nich, man he mutt.

Knapp hett he de Kopp in'e Soot kielt, do steiht dar upmal de smuckste junge Mann, de een sik denken kann. Un de ole Kaat un de rummelige Stä', dar is mitmal en feine Herrenhuus un Hoff vun wurrn. Un do gahn se t'rügg un amesseern sik un spijöken oever dat Slott.

De junge Prinz seggt de dare junge Mann denn vun Harten adjüs, un ehrer de Prinz sik afglitt, seggt de anner to em, he bemött em bald wedder. Se geven sik de Hand, un denn geiht dat afste' na de neegste Broder, un – ik will dat kort maken – bi de anner beide Bröder geiht dat jüst so as bi de eerste.

De jüngste Broder fraagt em, wodennig dat gahn hett. Um he hett sin beide Bröder drapen. Ja, seggt he. Wodennig se utsehn hebben? Guut, seggt he, se hebben em guut gefullen; un se hebben em en Barg vertellt, wat he doon schull. Um he is na dat Slott we'n? Ja, seggt he. Wat he dar denn sehn hett? Um he hett de junge Deern sehn? Ja, seggt he, un en Barg anner, gresige Saken. Um em wecke Slangen beten hebben in sin öllste Broder sin Bett? Nee, seggt he, dar weern keen; he hett guut slapen. Ja, seggt de Ole, düsse Nacht bruukt he nich wedder in datsülve Bett slapen; un de neegste Dag mutt he em de Kopp afhau'n.

De junge Prinz slöppt sik düchtig ut, un ehrer he de neegste Morrn afste' treckt, haut he sin Fründ de Kopp af un verännert sodennig dat Utsehn vun'e ganze Kraam. Se geven sik de Hand, un de Unkel seggt to em, dat kann guut angahn, he kriggt em bald wedder to sehn, wenn he dar gar nich mit reken deit. De dare sin Huus is bannig fein, un dat Land rundum is smuck, so draa as sin Kopp dal is. Hans maakt sik denn up'e Weg, oever Bargen un Slunken, up un dal, un meist verleert he dar sin Appeln bi.

Toletzt kümmt he an'e Krüüzweg, 'nem he sin Bröder drapen schall, jüst an de Dag, de se afmaakt hebben. As he dar ankamen deit, süht he keen Perdesporen. Un he is bannig möö', un do leggt he sik dal to slapen, dat Perd binnt he an sin Been fast, un de Appeln leggt he sik ünner de Kopp. Nich lang', do kamen sin Bröder, up'e Prick to lieker Tied, un do sehn se, he is deep in Slaap. Man se woe'n em nich waak maken, se seggen, se woe'n man mal nakieken, wat he för'n Appeln hett. Se probeern se, un do sünd de ganz anners as de, de se sülven hebben. Do vertuuschen se sin Appeln mit se's, un denn dat afste' na de Königsstadt so gau, as 't man geiht, un de arme Bengel laten se dar slapen.

Na en Tied ward he waak un süht de Sporen vun anner Perde, un do stiggt he up sin un denn nix as afste'; dat de Appeln vertuuscht we'n kunnen, dar denkt he ja gar nich an. He hett noch en arige Stück to rieden, un as he denn na de Stadt kümmt, do hört he all de Klocken lüden, man he kann ja nich ahnen, wat dar los is. Eerst as he na't Slott rieden deit, do kriggt he to weeten, sin Vadder is wedder krall vun sin Bröder se's Appeln. As he ankümmt, sünd sin beide Bröder nich dar, se sünd up Jagd; un de König freut sik un sehn sin jüngste Soehn wedder, un he will geern sin Appeln probeern. Man he markt foorts, de doegen nix, un em dücht, de sünd ehrer darto dar un vergiften em, un do schickt he stracks na de Scharprichter, he schall sin jüngste Soehn de Kopp afhau'n. Un do ward de foorts in en Waag sett un wegfahrt. Man he deit de Scharprichter leed, un do haut de em nich de Kopp af, he bringt em na en Holt nich wied vun'e Stadt un oeverlett em dar sik sülven.

Nich lang', do kümmt dar en grote, haarige Baar an-humpeln up dree Beens. De stackels Prinz kriggt dat ja mit de Angst un klarrt up en Boom, man de Baar ward snacken un seggt, he schall man dalkamen, dat bringt em nix un blieven dar. Na, upletzt kriggt de Baar em besnackt, un he kümmt dal, un do seggt de Baar, he schall man driest na em henkamen, he deit em nix. Dat is beter, seggt he, wenn de Prinz eerst-mal mit em kümmt un wat to eten kriggt, he hett doch sachs Smacht, seggt he.

Nee, seggt de Stackel vun Prinz, Smacht hett he nich, man he is bannig bang' we'n, as he hett de Baar up sik to kamen sehn, he harr ja keen Stä', 'nem he utkniepen kunn.

De Baar seggt, he is uck bang' we'n för *em*, as he sehn hett, wo de anner em dar ut'e Waag afsett hett. He hett meent, se hebben Flinten mit un schöten em doot, wenn se em wies warrn. Man denn hett he sehn, de anner fahrt wedder weg mit'e Waag un lett em dar alleen, un do hett he dat waagt un kamen hen na em un kieken, wokeen he is, un nu weet he dat heel wiss. He is doch de König sin jüngste Soehn, ne? He hett em un sin Bröder un anner Lüüd faken in dat dare Holt sehn. Man ehrer se afste' gahn, seggt he, do will he de Königssoehn man vertellen, he is verkleed't; un nu bringt he em dar hen, 'nem he un sin Lüüd sik upholen doon.

De junge Prinz vertellt em nu allens vun vörn bet achtern, wodennig he up'e Söök gahn is na de Appeln, vun de dree ole Männer un vun dat Slott un wodennig sin Vadder em behannelt hett, as he na Huus kamen is; un dat de Scharprichter so nett we'n is un hett em nich de Kopp afhaut, man hett em an't Leven laten. Un nu schuult he sik dar bi de Baar. Un de Baar seggt: „Laat man, Broder, di schall keeneen wat doon, so lang' as du bi mi büst."

Do nimmt he em mit na't Lager. As se em kamen sehn, warrn de Deerns lachen un seggen, dar kümmt se's Tufaal mit en junge Herr. Un as he neeger an'e Telten rankümmt, do kennen se em all as de junge Prinz, de dar faken vörbi kamen is. Un as Tufaal hengeiht un treckt sik um, do röppt he de mehrsten vun se in een Telt tohopen un vertellt se allens vun em, un seggt, se schoe'n nett we'n to em. Un dat sünd se uck, denn he is gar nich grootsnutig, man heel tofreden mit dat, wat he hett, jüst so, as wenn he bi sin Vadder un Mudder in't Slott weer. As Tufaal sin haarige Fell uttrocken hett, is he een vun de feinste Jungkeerls mang se, un he is de junge Prinz sin beste Kam'raad. De Prinz is ümmer heel liedsam un munter, blots nich wenn he an de gollne Klock denken deit, de he vun'e Prinzessin in dat Slott hett, de hett he jichens en Stä' verlaren.

He verbringt denn en Masse frohe Stunnen dar in't Holt. Mal ströpen he un Tufaal een Dag mang de Böme rum, un se kamen jüst na de Platz, 'nem se sik toeerst bemött sünd. Do kickt he tofällig hooch un süht baven up'e Boom, 'nem he do rupklarrt is, as he Tufaal as Baar hett up sik tokamen sehn, dar baven süht he sin Klock hängen. Un do röppt he ja foorts: „Tufaal, Tufaal, ik kann min Klock seh'n dar baven up'e Boom!" Na, seggt Tufaal, dat is aver mal Glück, un he fraagt, um he 'n dalhalen schall. Nee, seggt de Prinz, dat will he leever sülven.

Wieldes dat allens passeert is, hett de Prinzessin in dat dare Slott markt, dar is een vun de König vun dat un dat Land sin Soehns bie ehr we'n, dat kann se sehn an'e vertuuschte Klock un anner Saken. Un do maakt se sik praat mit en grote Armee un seilt hen na dat dare Land. Ehr Armee lett se en beten buten de Stadt, un mit ehr Wachlüüd geiht se stracks hen na de König, un sin Soehns will se uck seh'n. En lange Tied snacken se tohopen oever düt un dat. Toletzt mutt een vun de Soehns na ehr henkamen. Na, do geiht de öllste denn hen, un se fraagt em, um he jichens is in dat Slott vun Immendal we'n. Ja, wiss, seggt he. Do smitt se en Snuuvdook dal up'e Del un seggt, dar schall he mal roever gahn, ahn dat he snüffelt. He deit dat, man knapp hett he dar sin

Foot up sett, do fallt he hen un brickt sik dat Been. Foorts ward he wegbröcht un inspunnt vun een vun ehr Wachlüüd. Do mutt de anner ran un kriggt desülve Fraag vörleggt un mutt datsülve Stück utöven, un do ward he uck insparrt. Um he nich hett noch en anner Soehn, fraagt se de König. Do fangt de an un sloddert un bevert un kriggt weeke Kneen, he kann sik knapp noch up'e Beens holen, un he weet nich, wat he seggen schall, he is so gresig bang'. Toletzt ward he dar an denken, he mutt man de Scharprichter kamen laten, un as de kümmt, fraagt he em, um he hett sin Soehn de Kopp afhaut, oder um de noch is an't Leven.

„Nee, de levt noch, Herr König."

„Denn bring em foorts her", seggt de König, „anners heff ik utbackt!"

Do spannen se twee vun se's flinkste Perde vör de Kutsch un fahrn afste' un söken de Prinz. Un as se na de Stä' kamen, 'nem se em do rutsett hebben, do is de Prinz jüst baven up'e Boom un haalt sin Klock, un Tufaal steiht en Stück weg. Do ropen se na em, um he hett en anner junge Mann dar in't Holt sehn. As Tufaal de feine Kutsch wies ward, do denkt he sik sin Deel, un he will nich „Nee" seggen, he seggt „Ja" un wiest rup na de Boom. Un do seggen se, he schall foorts dalkamen, dar is en junge Daam, de söcht em un hett en lütte Kind bi sik.

„Ha ha ha! Tufaal, hest du al mal sowat hört, min Broder?", seggt he.

„Wat", seggen se, „du seggst Broder to em?"

„Na", seggt he, „vun em heff ik mehr Gudes hatt as vun min richtige Bröder."

Na, seggen se, wenn he so guut to em we'n is, denn schall he nu man uck mitkamen na't Slott un seh'n, wat dar bi rutsuert.

Do gahn se na't Slott, de Prinz wascht sik eerstmal ornlich, un denn geiht he hen na de Prinzessin. As se em fragen deit, um he jichens is in dat Slott vun Immendal we'n, do smuustert he un maakt en feine Deener. Do schall he oever dat Snuuvdook gahn un dar nich bi snüffeln. Do geiht he dar ümmer wedder roever un danzt dar up, un nix passeert. Do ward se smuustern un seggt, dat is de Richtige, un do kriegen se beide de vertuuschte Saken rut. Un denn lett se en ganz grote Kist rinbringen un upmaken, un do sünd dar de feinste Uniformen in, as se jichens mal en Kaiser up'e Puckel hatt hett; un as he sik umtrocken hett, do kann de König em meist nich ankieken vör all dat blenkern Gold un de Demanten an sin Rock. He gifft Order, sin beide Bröder schoe'n noch en Tied inspunnt blieven. Un ehrer de Prinzessin em mitnimmt na ehr Land, besöcht se noch de Baar sin Lager, un se gifft se wecke feine Geschenken, um dat se so nett we'n sünd to de Prinz. Un se laad't Tufaal in, he schall mit se kamen, un dat will he uck geern. Denn seggt se se all eerstmal adjüs, man se will bald mal wedderkamen.

Denn gahn se wedder na de König un seggen em adjüs, un he schall dat dar en annermal nich so ielig mit hebben un laten Lüüd de Kopp afhau'n, ehrer he dar en richtige Grund för hett. Denn maken se sik up'e Padd mit se's ganze Armee, man as de Suldaten noch se's Telten afbreken, ward de Prinz mitmal an sin Harp denken, de hett he vergeten, un do lett he sik de halen, dat he de mitnimmt in en smucke hölten Kasten. Se besöken elk vun de dree Bröder, 'nem

135

de Prinz Nacht bi bleven is up'e Weg na dat Slott vun Immendal. Un ik kann di man seggen, as se all tohopen sünd, do hebben se düchtig vel Spaaß. Un dar woe'n wi se nu man bi laten.

Dat lütte Bullkalv

Dar is vör lange, lange Tied mal en lütte Jung we'n, de hett up so'n lütte Katenstä' levt, un sin Vadder hett em en lütte Bullkalv schenkt un uck allens, wat een dar so to bruken deit. Man nich lang darna is sin Vadder dootbleven. Un do hett sin Mudder sik en anner Mann wedder nahmen, man dat is en ganz leege Keerl we'n, un he hett de Jung nich utstahn kunnt.

Upletzt seggt de Steefvadder, wenn he sin Bullkalv mit in't Huus nimmt, denn haut he dat doot. Gresige Keerl, wa'? Nu geiht de dare Jung ümmer rut un fuddert sin Bullkalv elkeen Dag mit Gassenbroot, un mal, as he dar jüst bi is, do kümmt dar en ole Mann bi em an – wi koenen uns ja denken, wokeen dat is, ne? – un de seggt, he schall man leever weggahn mit sin Bullkalv un sin Glück annerwegens söken.

Do treckt he denn afste', un he geiht un geiht, wenn ik di vertellen wull wo wied as he geiht, dat duert bet morrn Avend. Toletzt geiht he na en Buernhuus un fraagt um en Knuust Broot, un as he wedder rutkümmt, brickt he dat dör un gifft dat halve sin Bullkalv. Un he geiht na en anner Huus un fraagt um en beten Keesbotter, un as he wedder rutkümmt, do will he dat halve sin Bullkalv geven. Nee, seggt de lütte Bull, he will oever't Feld in't wille Holt ringahn, un dar sünd Tigers un Leoparden un Wülf un Apen un en glöhnige Draak, de spiggt Füer, un de will he all dootmaken bet up'e glöhnige Draak, de maakt em denn doot.

Do ward de Jung weenen un seggt, de Draak schall sin Bullkalv aver nich dootmaken.

Ja, dat helpt nich, seggt de lütte Bull, dat deit 'n nu mal. Darum schall de Jung up de dare Boom klarrn, denn kann keeneen an em ran, blots de Apen, un wenn de kamen, denn helpt em de Keesbotter. Un wenn de lütte Bull doot is, denn glitt de Draak sik eerstmal af, un denn schall de Jung dalkamen un em dat Fell aftrecken un de Blaas rutsnieden un uppuusten, un allens, wat he dar denn mit hau'n deit, dat geiht doot. Un wenn de glöhnige Draak denn wedderkümmt, denn schall he 'n hau'n mit de Blaas un 'n denn de Tung rutsnieden.

(To de Tied hett dat ja Draken geven, de Füer hebben spiegen kunnt, dat kennen wi ja ut ole Geschichten, so as vun Sankt Jürn un de Draak oder vun Siegfried. Nu is dat ja allens anners. De Welt is ja sörre de Tied oeverkopp gahn, so as wenn 'n de mit en Spaa umgraavt harr.)

De Jung deit ja allens, wat de lütte Bull em seggt hett. He klarrt rup up'e Boom, un de Apen klarrn achter em ran. Man he nimmt de Keesbotter in'e Hand un seggt: „Ik will din Hart kniepen as de hiere Flintsteen." Do pliert de Aap mal, as wull he seggen: „Wenn du en Flintsteen kniepen kannst, dat dar de Saft rutlöppt, denn kannst du mi sachs uck kniepen." Seggen deit he nix, Apen sünd ja plietsch, man he klarrt wedder dal. Un de heele Tied haut de lütte Bull sik nedden an'e Grund mit all de wille Deerten. Un de Jung klappt in'e Hänne dar baven up'e Boom, un röppt: „Up em, min lütte Bullkalv! Fein maakt, min lütte Bullkalv!" Un de lütte Bull kriggt se all ünner bet up'e glöhnige Draak, un de glöhnige Draak maakt denn de lütte Bull doot.

Un de Jung luert un luert, bet he süht, de Draak glitt sik af. Denn klarrt he dal un treckt de lütte Bull dat Fell af un snitt de Blaas rut, un denn geiht he achter de Draak ran. Un as he dar so geiht, wat süht he? En Königsdochter, de is dar mit ehr Haar fasttüdert an'e Grund, se is dar henbröcht wurrn, dat de Draak ehr upfreten schall.

Do geiht he hen un maakt ehr Haar los, man se seggt, se is nu mal an'e Reeg un warrn vun de Draak upfreten, he schall man weggahn, he kann doch nix doon för ehr. Man he seggt, doch, he kriggt dat Beest ünner, un he will nich weggahn. Un wat se uck bidden un bedeln deit, he blifft dar.

Nich lang', do hört he de Draak ankamen, de bölkt un ramentert al vun wieden, un toletzt kümmt 'n ran un spiggt Füer un hett en Tung, de is as so'n grote Spitt, un een kann 'n mielenwiet bölken hör'n. Un de kümmt nu liek hen na de Stä', 'nem de Königsdochter antüdert is. Man as 'n bi se ankamen deit, do haut de Jung 'n blots up'e Kopp mit de Blaas, un do fallt de glöhnige Draak um un is doot. Man ehrer 'n dootgeiht, bitt 'n de Jung noch de Wiesfinger af.

Denn snitt de Jung de Draak de Tung ut un seggt to de Königsdochter, he hett allens daan, wat he doon kann, nu mutt he afste'. Dat deit ehr ja leed, dat he weg will, man wat mutt, dat mutt, un ehrer he sik afglieden deit, do knüttet se em en demanten Ring in'e Haar un seggt em adjüs.

Na en Stoot, wokeen kümmt dar an? De ole König, un he jault un blarrt un meent, he finnt vun sin Dochter blots noch de Spoor, 'nem se legen hett. Man he is heel verbaast, as he ehr lebennig un heel un risch dar andrapen deit, un he fraagt ehr, wodennig

139

se doch rett't wurrn is. Do vertellt se em, wodennig dat togahn is, un he nimmt ehr wedder mit na Huus na sin Slott.

Do lett he dat oeverall in'e Bläder setten, dat he doch rutfinnen kann, wokeen sin Dochter rett't hett un wokeen de Tung vun'e Draak hett un de Prinzessin ehr Demantring, un de de Wiesfinger fehlt. Wokeen de dare Teekens vörwiesen kann, de schall sin Dochter to Fruu hebben un schall, wenn he sülven mal doot is, sin Königriek arven. Na, do kamen dar en Barg Mannslüüd ut't heele Land mit afsnedene Wiesfingern un mit Demantringen un all Slag'en vun Tungen, Tungen vun wille Deerten un ut frömde Länner. Man keeneen kann en Drakentung vörwiesen, un do warrn se all wedder wegschickt.

Toletzt kümmt uck de Jung an, un he süht recht afreten un plünnig ut. Man de Königsdochter ward em ümmerto ankieken, bet ehr Vadder richtig füünsch ward un seggt, se schoe'n de dare Bedeljung rutsmieten. Man se seggt, de dare Jung kümmt ehr bekannt vör.

Na, dar kamen ja ümmer noch de feine Herrn mit se's Drakentungen, de gar keen Drakentungen sünd, un upletzt kümmt uck de Jung nochmal an, nu en beten beter in Tüüg. Do seggt de ole König to sin Dochter, he kann sehn, se hett en Oog up de dare Bengel smeten. Wenn de dat denn we'n mutt, denn mutt he dat we'n. Man all de annern sünd praat un bringen em um'e Eck, un se ropen: „Smiet de dare Bengel rut! He kann dat doch nich we'n!" Man de König seggt, he schall mal vörwiesen, wat he to beeden hett. Un do wiest he em de Demantring mit de Königsdochter ehr Naam up un de Tung vun'e glöhnige Draak. De annern sünd ja all as vör de Kopp slaan, as he sin Bewiesen vörleggt. Man de König seggt, denn kriggt he sin Dochter un sin Besitz.

Do heiraad't he de Königsdochter, un later kriggt he de König sin Riek. Do kümmt sin Steefvadder an un will em t'rüchhalen, man so'n Keerl as de will de junge König nich kennen.